乔翔诗词精选

乔 翔○著

人民交通出版社股份有限公司

北 京

图书在版编目（CIP）数据

飞翔：乔翔诗词精选 / 乔翔著 . — 北京：人民交通出版社股份有限公司，2020.6
ISBN 978-7-114-16441-5

Ⅰ．①飞⋯ Ⅱ．①乔⋯ Ⅲ．①诗词—作品集—中国—当代 Ⅳ．① I227

中国版本图书馆 CIP 数据核字（2020）第 048364 号

Feixiang Qiao Xiang Shici Jingxuan

书　　名：	飞翔 乔翔诗词精选
著 作 者：	乔　翔
责任编辑：	郭晓旭
责任校对：	孙国靖　崑　婕
责任印制：	刘高彤
出版发行：	人民交通出版社股份有限公司
地　　址：	（100011）北京市朝阳区安定门外外馆斜街 3 号
网　　址：	http://www.ccpress.com.cn
销售电话：	（010）59757973
总 经 销：	人民交通出版社股份有限公司发行部
经　　销：	各地新华书店
印　　刷：	北京虎彩文化传播有限公司
开　　本：	787×1092　1/16
印　　张：	16.75
字　　数：	172 千
版　　次：	2020 年 6 月　第 1 版
印　　次：	2020 年 11 月　第 3 次印刷
书　　号：	ISBN 978-7-114-16441-5
定　　价：	48.00 元

（有印刷、装订质量问题的图书由本公司负责调换）

序

世界上本没有路，有了筑路的人才有路。
世界上本没有桥，有了飞翔的梦才有桥。

我的好友晓园君，著名古代文学专家戴伟华教授的高足，经世济用，来到广东省南粤交通投资建设有限公司工作，认识了筑路人、诗人乔翔，这是友情与诗意的机缘。人生何处不相逢，人生何处能相识，也赖于机缘与桥梁也。

桥梁的诗意也夥也，桥梁的初始也早也。"柔情似水，佳期如梦，忍顾鹊桥归路"，是天上的仙桥；"驿外断桥边，寂寞开无主"，是等待的桥；"路转溪桥忽见"，桥外是另一番景致；"鸡声茅店月，人迹板桥霜"，见证了人生的苍凉；"二十四桥仍在，波心荡、冷月无声"，桥是人非；"念桥边红药，年年知为谁生"，是不老的爱情；"烟柳画桥，风帘翠幕，参差十万人家"，是桥古典风华的唯美，让我们路桥人畅想哪一天我们也可以造一座雕梁画栋的画桥。

乔翔君早年从教，教而不足则筑路，筑路不足则摄影，摄影不足则诗，诗而不足则美学、则儒释道，则浩然无涯也。

说起缘分，大家皆客家人也。乔翔君由内蒙古至西安，而后至湖南，再至广州；我也自滁州至芜湖，而后至西安，终至广州，一晃25年矣。白云苍狗，我们在桥这边，故乡在桥那边。2017年回故乡时，儿时玩耍的池塘已野鸭飞飞矣，故乡旧貌因拆迁而湮没也。

早就听闻很多人春节回家找故乡,开车转了好多圈,记忆中的故乡情景已不可见也,我辈皆成飘蓬。

听闻故乡在远方,诗歌在远方,而远方已经没有家,难道这就是诗的谶言?有一位诗人说过:放开手,让温柔留下;每一页的美好,都是你的留恋。热爱生活,发而为诗,乃人间乐事。《诗大序》言:"情动于中而形于言,言之不足,故嗟叹之;嗟叹之不足,故永歌之;永歌之不足,不知手之舞之,足之蹈之也。"

有美诗若此,读而识之,吾何言哉,吾何言哉!

己亥滁人

于暨南大学桂苑

致读者

时光永不停滞，匆匆而过。生在一个改革的年代，我们历数变迁、壮怀激烈，修路架桥、南征北战。今天，岁月终于将我们蹉跎成两鬓霜雪，唯一的收获是曾经那时那刻的回忆。而诗，不仅能让我们想起过去，还承载了更多思念、伤心、彷徨与庆祝在内的含义。它是一串串灵魂的脚印，让心随之而舞。

土木工程人，情感是淳朴的；路桥工程人，感怀是磅礴的。他们有自己的感思、自己的诗意。当在工程中看到大河奔涌，何尝不会想到"大河上下，顿失滔滔"的澎湃；当归途上看到红霞满天，一样会有"日之夕矣，牛羊下来"的感触与乡思；当工地上迎来日出东方，也会高歌"日出江花红胜火，春来江水绿如蓝"。当参建的一座座桥梁横跨江河，他们深深感怀那"一半在尘土里安详，一半在风里飞扬"的不只是桥和树，还有自己的心血与汗水；当一条条高速公路穿云破雾、通达天下，他们也会"漫卷诗书喜欲狂""会须一饮三百杯"，为工程自豪。

作为一个路桥人，本人几十年来一直忠诚于自己的事业，也在业余时间喜好写诗，并愿意追求诗的更高境界，愿意用诗来记录情感与思想。多年来，零星地在一些杂志与书中发表过诗作，曾用笔名飞翔。

由于工作的原因，业余写作时间极不均衡，有时会集中写一些，有时很长时间不写，写作水平也是起起伏伏。这次得到人民交通出版社股份有限公司的大力相助，给予出版诗集的机会，本人惊

喜万分,把诗稿拿出来整理成一本集子,其中有原作未动的,也有重新修改的,所标注的时间则统一成最初的写作时间。

再次感谢人民交通出版社股份有限公司的大力支持,能在贵社出版诗集是交通人的骄傲,是对我们工作的鞭策与鼓励,也体现了交通人的情怀。交通人不仅有工作,还有情感,也会用自己的方式表达。在此也要感谢好友何晓园博士对本书提出了很多宝贵意见。还要感谢我的爱人蔺惠茹,她不仅是每首诗的第一读者,更多的时候也给了我写作的动力,这次还为本书收集整理做了大量工作。正因为有你们的支持,本书才得以出版。

诗歌作品基本按自己的成熟思路来作,不一定符合现代潮流,还请大家批评。为方便阅读,在诗后面还附了自己关于现代诗的写作感悟,可供大家阅读参考。如有交流请致函43442576@qq.com,本人当尽力回复。

诗是心声,诗更是一种记忆储存。那时那刻的感觉,读起来,恰似故地重游。

2019年10月16日于广州

目录

第一篇
飞翔的翅膀 1

1.一路走 / 2
2.马不停蹄的忧伤 / 4
3.错过的季节 / 5
4.一路向北 / 6
5.风之魂 / 7
6.幸福的理由 / 8
7.远山与寒烟 / 9
8.神话传奇 / 10
9.轻韵 / 11
10.戏说风尘 / 12
11.诗意无限 / 13
12.唯美的追求 / 15
13.我心如絮 / 16
14.诗与读者 / 17
15.不想遗忘 / 18
16.孤独的路 / 19

17.是谁扯动红尘 / 20

18.一切都没变 / 21

19.匆匆而过 / 22

20.无处安放的情思 / 23

21.路口 / 25

22.错落红尘 / 26

23.夏2018 / 28

24.一路向西的行程 / 30

25.阴郁的天空 / 32

26.天·微微雨 / 33

27.我有一头牛，可以走乾坤 / 35

28.思念 / 37

29.致工地 / 38

30.等待在骚动的季节 / 39

第二篇
匆忙的旅途 41

1.仙境 / 42

2.再别博鳌（外二首） / 43

3.再回深圳 / 46

4.金银滩之夜 / 47

5.坎布拉，我们还能不能再握手 / 48

6.粤北出差工地，客居遇雨有感 / 49

7.也说风情 / 50

8.重回长安之大风歌 / 51

9.黄河随想 / 52

10.醉卧长安 / 53

11.秋天，我看到了梦中的色彩 / 54

12.迷途 / 55

13.帝都之夜 / 56

14.翁源之夜：那一刻 / 58

15.烟花三月 / 60

16. 致厦大 / 62

17.我站在珠江新城 / 63

18.守住台风下面的土地 / 65

// 第三篇
岁月如歌 **67**

1.人到中年 / 68

2.那时·花开 / 69

3.今日立春 / 70

4.致三月 / 71

5.春风吹动 / 72

6.三八节快乐 / 73

7.农历二月随记 / 74

8.春风别情 / 76

9.走在四月中 / 77

10.下雪了 / 78

11.农历五月初三 / 79

12.五月里的白日梦 / 80

13.六月，蓝蓝的天空 / 81

14.七月流火 / 82

15.夏日 / 83

16.立秋 / 84

17.初秋感怀 / 86

18.入秋风 / 87

19.十月 / 88

20.十月阳光下的心情 / 90

21.秋风与秋月 / 91

22.十一月末的秋思 / 92

23.陈年如梦 / 94

24.岁月下的沉思 / 95

25.十年后重逢在长安城 / 96

26.永恒的开心季节 / 98

第四篇
月是故乡明 99

1.亲情 / 100

2.祝福母亲 / 101

3.情感回归 / 103

4.走过家乡的河 / 104

5.母亲节里的思绪 / 105

6.陪伴 / 107

7.祝您生日快乐 / 108

第五篇
静夜思 109

1.一个人的站台 / 110

2.越夜越温柔 / 111

3.夜，让我摇着你一起入睡 / 112

4.今夜柔情 / 113

5.夜思，回首中的快乐 / 115

6.午夜，听为你守候的笛声 / 116

7.听风之夜 / 117

8.今夜，与思想离别 / 118

9.再次分别 / 119

10.无题 / 120

11.夜语 / 121

12.夜色下的海 / 123

13.这夜，你不知道的很多 / 124

14.夜空下一样的真实 / 126

15.夏日黄昏里的飞絮 / 128

16.午夜，我可以看到阳光 / 130

第六篇
相思曲 131

1.想念，夜宿云浮记 / 132

2.长发飞扬 / 133

3.那一轮弯月 / 134

4.相思的眼泪 / 135

5.亲爱的，我忘记了写诗的感觉 / 136

6.那年，那月，那片森林 / 138

7.山水连岁月，情怀总如诗 / 139

8.冬日里思念的感觉 / 141

第七篇
山水有情 143

1.石头与海 / 144

2.莲的心事 / 145

3.蒲公英 / 146

4.致月 / 147

5.雾起时的心事 / 148

6.窗 / 149

7.风雨兰 / 150

8.告别白莲花 / 151

9.天马 / 152

10.蛙声 / 154

11.雨·车窗 / 155

12.无面木偶 / 156

13.凤凰花开 / 157

14.康乃馨 / 158

15.桃金娘 / 159

16.豆蔻 / 160

第八篇 特殊记忆 161

1.今夜是否矜持 / 162

2.网络下真情 / 163

3.诗人与诗 / 165

4.致那片海 / 167

5.亲爱的人们，站起来 / 169

6.龙思 / 171

7.献给教师的文字 / 173

8.纪念海子 / 174

9.纪念杨绛 / 176

10.今天，你就是待嫁的新娘 / 177

11.怀念过去的"六一" / 178

12.七月·凌晨 / 179

13.八一无题 / 181

14.狂 / 183

15.致《公路景观建筑学》 / 184

16.我爱你中国 / 186

第九篇
传说 189

1. 四季之歌 / 190
2. 月满西楼 / 194
3. 沙漠情思 / 197
4. 秋思碎语 / 200
5. 小夜曲 / 202
6. 相遇 / 204
7. 你说，我听 / 207

第十篇
古诗词新编 209

1. 南乡子·四月 / 210
2. 春光好·路 / 210
3. 行香子·温润八方 / 211
4. 如梦令·谷雨 / 211
5. 行香子·祭思 / 212
6. 西江月·九月 / 212
7. 记新阳高速公路通车 / 213
8. 江城子·高速公路 / 213
9. 西江月·怀阳高速公路工地 / 214
10. 夜宿龙门 / 214
11. 浪淘沙令·1819 / 215
12. 春晓曲·路 / 215
13. 天净沙·正月行 / 216
14. 庆宣和·兼贺南沙大桥通车 / 216
15. 江城子·三月雨 / 217
16. 雨天过虎门二桥随笔 / 217

17. 喜春来·五月天 / 218
18. 调寄临江仙·书里芒种 / 218
19. 凭阑人·改邵享贞词 / 219
20. 行香子·题仁新高速公路管理中心水塘 / 219
21. 调寄踏歌行·夏至 / 220
22. 临江仙·假期 / 220
23. 如梦令·清秋 / 221
24. 渔歌子·凌霄 / 221
25. 长相思·己亥重阳 / 222
26. 江城子·记通明海大桥 / 222

第十一篇
关于现代诗的写作感悟 223

一、现代诗的古代土壤 / 224
二、现代诗的发展 / 227
三、诗的立意 / 229
四、诗意，现代诗的氛围 / 232
五、现代诗的节奏与韵律 / 236
六、现代诗中的形象思维 / 242
七、诗的想象空间 / 245
八、如何阅读与理解现代诗 / 250

第一篇

飞翔的翅膀
—— 哲理与思想的碰撞

1.一路走

一路走　一路写　一路丢
我的诗
沿着路　栽成过往
或成长　或枯黄

春天里所有的种子都可以发芽
在路边
有我栽培的希望
和　像天空一样的梦

雨夜里打湿的不一定都能看得见
我的路上
变幻的灯光里写着迷茫
诗稿里　随字而落下的是心伤

举杯时　谁在身旁
夜里说着白天的故事
白天做着夜里的梦
都说不醉　却如何不醉

一路走　走老了时光
习惯了日出日落
写不出激情与浪漫
诗　就挂在车外风凉着

一路走　一路风凉
夏夜
如蝉音　如蛩鸣
正丝丝入心

        2018年5月20日

第一篇　飞翔的翅膀

2.马不停蹄的忧伤

如果你是草原，这飞奔而去的阵痛，可否会有尽头？

从草原一路行来　那是我的马
无法越过城市的高墙
倦伏的心
任由一路铃声远去

曾畅想的童心　早已在行进中受伤
马鞭声声中
唯留先辈豪放的历史
一路跌落荒凉

我听到原始的呼喊　来自更深的时空
前行啊　历史
请告诉我　哪里才是我的草原
宁愿拿一刻换来永恒

马不停蹄
是谁驱赶着历史
此刻所附着的痛楚可否已随蹄声远去
不再重复

2008年3月20日

3.错过的季节

绝不是风声来得不是时候
这个午后的羊城
一下子
就变成了秋高气爽的样子

我原想应在花间等你
明知道已错过那段时光
于是只好认真地静坐风的一侧
听季节裂变的声音

一条小路只能印上两个人的身影
我能理解
你的小手
正被另一个影子所隐藏

如果不是时节的问题
我手中的玫瑰一定会盛开着
向你微笑

2008年11月12日

第一篇　飞翔的翅膀

4.一路向北

一路向北　　风起的地方
些许足迹　　还在旷野里疯长
轻轻地问候季节　　还有没有我的阳光

一路向北　　生命缘起的方向
用一生寻找的脚步丈量　　越远越迷惘
追求　　怎样获得与幸福同行的力量

一路向北　　渐行渐凉
绝无意跨过春色　　却已遍地金黄
收藏的色彩　　怎绘画出更远的沧桑

一路向北　　心的方向
秋起处　　星空最亮最远的地方
履步珠江　　却总难以给你一瞬的目光

2006年10月12日

5.风之魂

一切本虚无
一任虚无

绕过黑发
掠过明眸
拉着你的手
一起跳舞

吹干脸颊
捂住呜咽的口
不哭　不哭
路还要走

送走了尘中的影
裹着空虚的心
周游　周游
没有归宿

那天夜里轻敲你的窗棂
知否　知否
风在外面
心在里面

2008年10月23日

6.幸福的理由

花　尽情地绽放
是因为自由

鱼　放纵地游玩
是因为有了空间

小草　努力地成长
是因为希望

母亲　开心地微笑
是因为付出

生命　还在拼搏
是因为思想

我们　应该幸福
因为我们活着

2006年11月20日

7.远山与寒烟

我们无以放弃,却经常失去,在这条路上,风景不变,变的只是心情。

远山　更远的　那是山路
任何跨越的方式都是一种必然选择
如烟　轻轻地走过

走过了时间的寒冷季节　情感凝聚
成了冰的样子
一面闪烁　一面反射

创造自己
历程映着一面山一面水　对着阳光
任何一种追求　正创造着更多的舍弃

山水孕育记忆　梦幻般的归属
拥有　也许并不需要刻意
就在到来的时候

2006年11月2日

8.神话传奇

灵性不可泯灭
你
一路舞着风景走来
同样　是一路风尘

谁家的炊烟飘起安详
醉了一路神仙
踉跄下　无法留住一个心情

庙宇里正回旋着经文的神韵
红墙外
是孤单的过客身影

天阶　在神话里通向永生
舞鞋可以跨通古今
却为何　你转不出我的世界

时光　飘落成羽
那一袭幻彩织就的霓裳从此跌落尘埃
花　在菩提树的末梢静静绽放

我
含笑拈花于手　沉吟无语

2008年5月22日

9.轻韵

总觉得凭栏独处是幅画,总以为孑立的身影有无限心事,其实这是最好的享受时节,故有此文。

听　风儿轻轻
虫儿嘤咛
小小风铃　呼唤
儿时的乡月　一片蓝　一片晴

看　阳光融融
薄酒盈盈
窗明几净　转化
些许心思　一点为景　一点为情

借点闲暇　找个空间
可以随意流泪
可以无语轻哼
不论静坐或独立　都是心境

忘却昨日烟云
拥有半色清明
揽获一怀风月
放任自由　弥漫时空

2007年1月5日

10.戏说风尘

尘
是以渺小
容万物
沉积历史

曾经
是白云的一分子
是雨的成员
是石的突出点
是一个激情的脚印
是一部幽怨的心曲

掩埋的历史
在那一刻闪动时
尘
也会骚动

尘
是以渺小
随风起
走天涯

2006年8月30日

11.诗意无限

如果不回首,就不会知道方向;如果没有思想,自然也就不会有那么多的情感。聊此为序。

慢慢地进入感觉　一如飘浮的眼神
穿过这空间　落入你的心灵
不要抖落　不要讲出
只需要一点点地体会

寻找　曼舞的飞天
美于灵动的色彩　美于变幻的身姿
而跨越胴体的更高处
还有思想在飞翔

聆听　高山流水的畅想
美于韵律　美于节奏
瘦于自然的声音
在人脑里创造更享受的境界

醉于丹青　却隐于抽象
黑白在一线交替　青绿在季节枯黄
古老的目光依旧寻找方向
油彩的背面　却正一层层印着沧桑

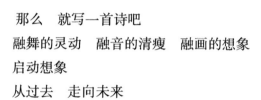

　那么　　就写一首诗吧
融舞的灵动　　融音的清瘦　　融画的想象
启动想象
从过去　　走向未来

2007年11月18日

12.唯美的追求

美　我是你的奴隶
在注定我转世的前几个世纪里　我就知道
而现今这世风　却让我盲目了许多年
还是让我追随吧　哪怕只是听到你的名字

为什么　你的身影总是隔着纱
我的一身烟火色　就成为不可更改的退却理由
只能遥望　那一片圣洁
就连文字　都不敢出现一点点的生硬

有你的身影　我的一切尽皆空灵
痴痴地守候里　我宁愿就此羽化
与你　越来越近
近到只有成长的声音

好想　连同肉体与思想
一起净化成宁静　与美同在
霓虹的时间里
刻下永恒的吻印
成为心形

2007年8月1日

13.我心如絮

就在今夜　心如弯月
一侧　生生地被遮盖
我知道　那里一定还有生命存在于宇宙

今夜　心思如雨
这个初冬的季节　凝固在2006年的记录里
我知道　太阳还在行走

还是今夜　杯里可以是水
心里的酒　却超过醉一万回的感觉
再醉一回无妨　就当所有的语言都成烟云
放开去飘浮　这个尘世

今夜　我心如絮
别再起风了　朋友
飘得更远　会无法回归
其实　你只是一颗种子
已种在我不经意的心里

2006年12月12日

14.诗与读者

当我孤傲地伫立成现代的风景
沙尘掩埋下的视线　是不是还在搜寻
几千年后的敦煌

当我以出水芙蓉答谢前世的缘分
折花的郎君　你的船为什么越行越远
只在心底　留下这无法磨灭的折痕

当我以成熟睡卧成路边的石头　看世间沧桑
可以承载历史的印迹
却怎么可以覆盖上没有情感的被子
创造比分娩更痛苦

所以啊　我还是只做一阵风雨
洗刷着单纯的文字　走过唐宋元明清
却不知何时　吹动你的衣裙

2006年11月22日

第一篇　飞翔的翅膀

15.不想遗忘

　　走过匆匆的一年，还是思考的地方，为明天而活着。思考，一直是个无法说出的谜。为此，我们纪念过去，不想遗忘。

似乎是又回来了　想想
我们一直不曾远去
而所有　都是一地的陌生

街口的那盏灯还闪着去年的光
看着　我笑了
你和我一样　都不认为已老去

隔壁的邻居已装修了新房
我拍拍自家的门框
"还是老的结实"

没有人在背后叫我　因为不敢回首
这一路的泥泞
把城市的街道都踩出了崎岖的样子

温上一把火　在这个初秋的晚上
坐下来可以取暖
顺便　穿过火光
看看过去能留下的东西

2009年9月11日

16.孤独的路

天边很远　远到
沿着一条路　不可能到达
我只能
换着季节　想着你的样子

可以坐下来等候
可以停下来仰望
只是　路永远延伸着
你的诱惑

天边有月　天边有星
在有阳光的日子里
还有许多彩色的幻想
只等　一片片浮云散去

路是不会孤独的
只有荒芜
而当我轻轻地踩过
你是否还有感觉

2012年5月26日

17.是谁扯动红尘

是谁　在那一刻扯动红尘
抖落一地思绪
让我在人群中
孤单

是谁　把雾霾堆积在世间
天海相连
却再也见不到
真实的容颜

是谁　让我吞下传说的那颗仙丹
心胸容下了凡尘
却无法寻到
心灵的田园

是谁　把日月轮流转换
四季弄成循环
只见花开
一遍又一遍

2014年3月18日

18.一切都没变

一切都没变　最好
不会丢失朋友
不会丢失自己
不会丢失生活

那个追风的孩子　突然间老了
喜欢看日出日落
喜欢听戏曲杂谈
喜欢一个人　孤单

这夜里的灯啊　随手可燃
小小的旅店
一个人的房间
是谁的冷暖

晨光下的小朋友
你放飞的　是我的梦想吗
不然为何　对我笑得
如此真诚

2016年5月16日

19.匆匆而过

匆匆而过　我们从不相信会后悔
目标那么清晰　脚步那么坚定
但不知从何时起　我们羞于回头
捡拾错过的美
只好任岁月的沧桑　把曾经
打扮成别人的样子

匆匆而过　就算是对视发现了真情
就算是那迷香几乎沉醉
就算是妩媚拂过衣襟
都似沉寂了的水　没有风动
涟漪不会因你而扩散

匆匆而过　飞翔里的停驻
没有天地　没有风雨　没有目标
取一点自身的感受　与气息结合
那些所有动与静的美
在此刻　从神经内出逃
奔向轻松　自然

2017年4月25日

20.无处安放的情思

多少年前　多少年前
历史让你我重合
于是我就种在你的名字里
你在我的心中扎根

那个秋天　我被高高地吹起
摔落于你的围墙外
一路哭泣着　远离　再远离
无论是否成熟　我都已是浮萍

一次次回首　一点点忘记
又一丝丝凝聚
当我的泪水默默地流
竟想不起来　任何言语

此刻　我携带满满的情怀
寻找可以安放的过去
从植物到建筑　再到面容
都　杳无下落

第一篇　飞翔的翅膀

飞翔 乔翔诗词精选

总想　那花那人那时
那份纯真
却只有铿锵的脚步
把时光里的情思纷纷碾碎

随风
——远行
谁能告诉我
我的空来啊
如何空去

2018年4月28日

21.路口

为一张纸
放弃了青春
为一个梦想
选择了告别
为一个出发
结束了一段旅程

今天可以不走
路　也许一直都在
却也会在时光中悄悄老去

那一段青葱岁月
华丽的雕琢
谁塑造了谁的思想
从此改变人生

路
写在纸上
铺在地上
走在心上

2018年5月9日

22.错落红尘

你不是宝玉
为何 衔着满满的希望
降落红尘 连哭声
都苍白无力

红尘里的霓虹都上天了
你看不清自己
在黑黝黝的泥浆中挣扎
大地也无光

一场雨 就是与生俱来期望的雨
露出世界的真面目
连同你的原型
让彼此同时颤抖

一朵莲花盛开在你的身边
同样的过去
让你无颜面对
那一刻 连空气也是多余的懊恼

一个声音响起的时候
天地无色
一颗心　在漂浮中沉落
有脉络显现

衔来的与带走的
哭的与笑的
在红尘中起落后
化成无形

        2018年5月14日

第一篇　飞翔的翅膀

23. 夏 2018
——夏天的碎碎念

六月　从初夏到盛夏
因为一场雨
让人们感觉到时光的短暂
如顺脸庞流下的　你的心思
一挥手
满天的乌云都会在脑后

那天有人说　属龙的孩子在高考
所以我们就该坐在车里看雨
几个小时

我在想　龙腾飞的速度应该有多快
在夜里
姿势应该也很好看
不然　明天的天空会是什么样子
街道上积水　消了暑气的天还阴着
湿了鞋子的女人还在打着伞　赶路

黑水　黄水　汽车轮子
灯光一闪一闪
我们过去
不管用什么姿势　都是过客
回头看时　那里依旧在记忆中喧嚣

邻居说房间进了水
晒了两天的衣服
还有搬不出来的家具

我在想　房子能否开合
只是　蜗牛的壳如果裂了
生命在哪里还可以延续

这个夏天　应该注意防潮
思想如果进了水
太阳也无法晒干
比不上注了水的肉
还可以行走江湖

　　　　　　　　2018年6月10日

第一篇　飞翔的翅膀

24.一路向西的行程

六月　传统的日子转到新的历史
世上　鬼都不知道谁主宰了谁的命运
一场大雨　湿了姑娘的外衣
路人色色地笑着
一阵匆忙　慌乱中秀色可餐

今天雨没有散去　如日子重复
我已在路上　向着太阳　向东又向西
太阳在云后面　我在时代里
大地上落着雨
姑娘　你为何站在雨里
独自哭泣

天黑的时候太阳不一定落下
一层一层的云里面住满了神仙
姑娘　你能不能飞升起来
为了哪怕是假的神话
因为　你是我的理想
离我最近的　没有神仙动过的
心中的那一缕光

西行　有没有太阳不重要
方向作为一种形式　最重要
我看到了　远处的光线一条条直射下来
姑娘　飞去吧
真正的色彩是在阳光之下
所有你的真实　在那里才能展现

2018年6月25日

第一篇　飞翔的翅膀

25.阴郁的天空

昨天雨打湿了工地
我陪你　听波涛汹涌
路边的风景
一路暗淡

树的后面　像光线　像画面
谁在云端凝立成雕像
看风起云涌
把大地压成一线

我的思绪被你淋湿
你说　天地人中人最重要
我说　岁月会洗刷出人心
你笑了
因为连岁月也找不到

是啊　天这么大
水那么小
怎么才能让时间清白
如你脸上　的雨

2018年6月29日

26.天·微微雨

天　下雨了
我知道　我早知道　你说过的
江湖　就是一个循环
因为　有一段时间　天气很旱

昨天听说有的地方在下大雨
有冰雹　打到身上好痛
但有人说心里更痛
痛到说出来你也看不见

天的样子永远不变
你的路　还有你的车　你的船
可以选择
像现在　我在桥上　看风景

船悠悠地过了
湿了又干了的栏杆
老旧的裂痕
隐了又现

第一篇　飞翔的翅膀

路上　谁家的猫被昨夜撞死
车依旧一辆一辆地过
突然　感觉很恶心
哪怕　这只是一个早晨

2018年7月13日

27.我有一头牛,可以走乾坤

好久　离牛很远
远到可以做梦　不可以相见
你吃草的样子和沙沙声
总和着月光出现

自从拔掉了固定的地钎
不知道你去了何处
我　再也回不到当初
那个放心让你吃草的熟睡人

昨天　山那边的人说地上没草了
突然想起你
是啊　在城市里我也不知道吃什么

很想那根晃悠的绳子　和绳子那头的你
我牵着你　你牵着我
你东拉我西扯
你驮着我　我的乾坤
在你的背上

第一篇　飞翔的翅膀

累了
你吃草看天
我睡觉做梦
多好

【后记】我也突然好想去放牛，没有生活压力，没有江湖套路，没有爱恨情仇，只关心我的牛还在不在，以我的智商，只放一只，多了我也数不过来。它吃草，我睡觉，这样挺好！

2018年7月21日

28.思念

浩瀚星云如人海
我在凡间
孤独着你的夜

曾经苟同过飞鸟与鱼的姿势
游动的只剩下思想
我还站在地上

也想过烟花和焰火
只是到后来才发现燃烧的成本太高
我们太渺小

于是便有了江湖和朋友
于是就有了夜晚和孤独
在晴朗或下雨的日子
窗边　可以相互舔舐
无论泪水　血水　还是汗水

那一刻　也许只有酒
才能让人性复活
才能相忘于江湖
才有你　和我

2018年9月4日

29.致工地

我无心触摸
你撕裂的痛处
在天地间
我们一样的无可奈何

有思想的我
如同没有思想的你
在自然面前无能到
一切静止

谁能让我们思考
用自己的方式
像个专业的人一样
哪怕　只有追悔的痛

有人说　艺术家是戴着脚镣在跳舞
技术人
别人拴住的脑袋还能做什么
泥水匠啊
穷其一生终于把泥水装进了脑子
这样　静看天翻地覆
抚听潮起潮落

2019年6月11日

30.等待在骚动的季节

每天　都是一种等待
从黑夜到黎明
从你的身影到你的声音

等待　一季花开一季花落
等雨的天气　等雪的时间
等你　从风景中出现

等待　灯下文字重复昨天的情感
从海南到新疆北部
从少年到中年　有你有我

等待　于闲暇中停顿
在忙碌中闪现
那些时光　温暖

等待　且在这个环节里停滞
看茶香弥散
观香韵袅袅　无谓来去

等待　当时间永恒时
期望也就虚无
等待　也许没有目的
只是选择的一种　喜欢

　　　　　　　　　　2019年8月7日

第二篇

匆忙的旅途
——地理与行程的纪念

1.仙境

诗赋黄龙。回首,并不一定能留住美好,而我的停留,却正试图抓住一切,以此为序。

景
如时光
如俏然的伞影
如翠绿的伟岸
如清灵的水韵
如你　微微吹皱的思绪

一个色彩也许会有千万种思想
而这一池斑斓
却让我在此时此地凝固

小路是无限延伸的
也许画里　也许画外
复杂的心情
正向不知处蔓延

2006年7月27日

2.再别博鳌(外二首)

因公事重回已别十年之博鳌,感触良多,聊以成文,以记之。时于2005年3月24日。

一条玉带　牵着仿佛的相思
从陆地引入大海
那沙　不再是情人的眼泪
轻轻地　将昨天的脚印掩埋
于夜色里　悄悄入怀

迷雾啊　今夜　别再如思想
也许只能拥有一刻光阴
与你徜徉　已无谓情殇
只想揽细细的沙
吹柔柔的风　听微微的浪

那美丽的楼宇　是时代的洞房
我如何忍心　看你时髦的嫁妆
只一味地想象
昨夜　朦胧椰影下的旧时光

再一次背对着海时
我听到　身后雨的声音赶过了两侧的山林
心　也就一路湿了

我知道
明天　那粉红的三角花依然盛开
哪怕天涯海角

外（一）重回博鳌

我来了　久别的情人
在多情的月夜
以压抑的激情感受
离别重逢的多义
在你陌生的目光里
体味漠然

明知道进化的时光改变了容颜
我仍在湿润的海风里寻找那年
只有椰影
在月空里泛着相思
岸在一边空洞地延伸着
一如我用感觉的手掌轻拂你不再颤抖的身影

请别用那么无情的眼神看我
我也知道了漠然　不信你听
那浪花已说出了心声
来的　去的　都是陌生

分别本是为了再聚
再次相对时
你会不会成为简单的望夫雕塑
枉费我海一样的深情

外（二）旧地重游

心思如沙　在海角飞扬
空如轻风
送轻舟　远航

谁曾想到回首
与时间踏浪　让海水一次次打湿衣襟
玉带滩只把头深深地扎入海底
无言无语

把玩一个沙球吧
看它在海水里溶化
如时间
都是一个游戏

脚下的草也许是最没有意义的真实
支撑我的行进
有些树木是可以移植的
但有些事
只如浪花

3.再回深圳

今日重到深圳大梅沙,联系几个朋友均未果,略有失落,以示心境。

撒一把沙　如我的思绪飞扬
穿过远远的　漂浮的网
远航的情思　在年轮里破旧

赤裸的脚下还有沙在骚动
喧闹的人海里　回忆却很宁静
炙热的皮肤紧紧裹覆着一颗潮湿的心

浪花掠过目光　那不再是当年的影子
海水冰冷　在我的回忆里成为港湾

当一只风筝挂在云里时
小店的老板说　丝线早已卖完了

也许　还会有一只螃蟹记得那年的脚印
而我们　再也无法重复

2007年3月12日

4.金银滩之夜

守着窗　没有身影
听　雨正把一片片叶子打痛
我数着
层层阴云后面的星星

没有月光
就如阳光一样远离高原
燃起的篝火
闪闪照亮疲惫的郭庄

青稞酒如火烧了一路
为何我独自沉醉
那个栈桥蹒跚了
数不清打在门上的心雨

明天　从高原上下去
是否　你就让我自由地呼吸

2008年8月4日

第二篇　匆忙的旅途

5.坎布拉,我们还能不能再握手

匆匆走过　我们没有问候
有了细雨
这个过程已足够温柔

你是山上的山
我就是站到你上面
却再也无法找到自己

你是水中的水
我伏在你的怀里
感到了从远古走来的清醒

我忘了云还在飘
我忘了这个季节还有绿色
只看到你为我准备的台阶
一步步都在上升

真的回首处　哪里是风景

2008年8月4日

6.粤北出差工地,客居遇雨有感

月亮累了　回去了
我也累了　还得站着

江水满了　流走了
我站在江边　等水吗

车灯过去了　路灯还在
我在路上　用脚在走

雨下来了　天上还有云
我穿着鞋　里外都是水

对面的窗子　后面的床
曾经的客居
还是客居

2016年8月10日

7.也说风情
——记水边沙漠

亲过了溪水
还你一个媚眼
那水波涟涟的动感
于生命里扩散

现实也许早已没有必要
追求的感觉
那湿湿的心
何止是你柔柔的倾诉

是风穿过了真实与距离
留下了时间
真情里跳动的
唯你思想的血脉偾张

月下　依稀的影子诉说缠绵
正销魂处
风静
山水如画

2006年8月2日

8.重回长安之大风歌

一抹黄土　掩去多少旧事
那飞扬的长安古道
早把一个个记忆的时节荒芜

月下　与你徘徊的脚步
一声声敲响心灵
从前世到今生

城墙上　新手抚摸过去的伤痕
一缕夕阳
已放倒无数的身形

雁塔里还是钟音悠扬
佛说
不曾来　何曾去

听　声如风
无远无近
无实无边

2011年7月25日

9.黄河随想

如时间的历史
轰鸣着浑浊
嘶哑出上古的声音
却清净出　一个个路过的神明

绕过高山的肢躯
淌过大漠的胸襟
只为此时此地的相约
惊鸿远去　拍岸回响

水落　雾升
今古如画
脚步　在沿河石阶上
一层　一层层

离雾迷失处
别声渐远
黄河　一个梦
河里　梦中

2011年9月28日

10.醉卧长安
——写给大学同学聚会

醉夜
我为你踉跄着回归
昨天的路途为你美好的过去
一路虔诚
只为回味悠扬的雁塔钟声

醉过可以醒来
我们可以回来
过去　不可能回来
梦
已在某个黎明时清醒

酒杯内外都还是无奈
一时间语言已被删除
唯一的思想
是　相同的陌路

如果还有一滴泪可以容纳相聚的感觉
我早已把她悄悄洒落了
就在
回家的路上

2007年12月26日

11.秋天,我看到了梦中的色彩
——陕北游记

那个日子　是无意中的秋天
只凭一辆快速的汽车
就让我从阴郁的古城中出走

我喜欢阳光　也喜欢山峦
记忆中的黄土高坡
曾是我不可越过的沟坎

命运向南　足迹向北
我的秋天　此刻由我点缀

大地啊　我曾播种过的泥土
此时此刻　你已不再是我记忆中的样子
正在我的身边　把美好延展

这让我如何能够
把错过的风景
——拾起

2008年10月22日

12.迷途

一阵风
又一阵风
方向
又一个方向

帆下了
船漏了
海浪
又一个海浪

我醒了
又睡着了

2018年5月28日

13.帝都之夜

今夜我悄悄地来　帝都
看连绵的灯火
苍茫的夕烟
吹　干爽的风
和　接近零度的城市
来寻找可以下榻的温床

初冬是不可改变的季节
我欣赏的枫叶落了
香山的树还在
人们说　银杏叶现在很好看
在钓鱼台
我说　算了，去看了脖子可能会痛

想给熟人打个电话
包括老同学
可怜的周末
还是我自己飘摇吧

不知道说什么　不想说什么
我的世界
你们知道多少
包括心里的
夜　在哪里都是一夜

只是今夜　不为睡觉
我守着灯光
编织明天的梦
直到东方露晓

         2018年11月9日

第二篇　匆忙的旅途

14.翁源之夜：那一刻

那一刻　连身后的狗都秀着恩爱
无关阳光
如果你愿意选择　在哪里都是孤独

看荒荒原野
兔走鹰飞
洪流　留下的沟壑没有任何道理

路可以从城中走出来
你的心
在围城中还要囚闭多久

我们自己认为可以搞定的自然在悲愤
所有的英雄都——成为历史
车轮压过荒唐

崎岖前行的　连时间都不愿走
那一刻　在镜子中没有真假
只有形象

轮回的都是空旷
而哗哗的流水声
正不知是洗白还是冲淡

那一刻
零点与二十四点重合

2019年3月13日

第二篇　匆忙的旅途

15.烟花三月
——记安徽考察之行

如果来得及
我们不要计较过去
向前看
一路　望穿那蓑烟雨

什么柳丝可以缠绕
入手入心
在三月
拂过那片迷离　那片迷茫

如有机会同行
那个廊桥
不仅只有身影
应该还会有　别后的心情

落花的小院
那个小窗
隔着一层纸的话
至今仍然没想清楚

流水　流水　流水
我的小船在哪里
与你一起前行的
能否　只有思想

在这个三月
我独自飘零到几千年前的台阶
触不到文化
只有月光　伴我无眠

2019年3月26日

第二篇　匆忙的旅途

16.致厦大

那天的厦大　我来了
不为山音　不为风浪
只为方向

老师好　老师辛苦了
有你们滋润
我们身心一起收获

芙蓉湖的心
被谁藏在隧道里
建南楼上的目光　早已
穿过海洋

红楼梦影
芬芳了百年
吁嗟呼！自强

今天　把厦大还给厦大
把大海还给大海
把钟声还给寺庙

选择一个恰好的黎明
我们　踏上前进的列车

2018年9月2日

17.我站在珠江新城

我站在珠江新城
看 云绕过东塔
雨淋湿花城广场
和我 孤单的身影

我站在珠江新城
吹 改革的风
听大潮起珠江的传说
飘过每一层楼

我站在珠江新城
二十年前的土地
茅草和蛐蛐儿
汗水后坚定的眼神儿

珠江新城
我们来不及拥抱每个躯体
一个个新的生命
依然丛生

珠江新城
没必要走遍所有街道
无论哪条道路
都会通向一个方向

第二篇 匆忙的旅途

珠江新城
我寄居的位置让我自豪于一个时代
在没有前沿的前沿
锋芒　于无形之中兵不血刃

珠江新城
一个可以容纳"北捞"的角落
集天下和尚一起念经
听　梵音悠扬

珠江新城
我的早晨　我的黄昏
我的梦
伴着我老去的身影

站在珠江新城
看一把筷子吃遍天下
一个传说
撑起一座城

2019年7月15日

18. 守住台风下面的土地
——记台风"白鹿"登陆广东

一次也好　多次也好
在这土地上　在这风雨中
风总会过去
一切归于平静

城市的上空有城市的影子
闪电在有人的地方才更加明亮
斜的雨　回旋的风
看不清的夜

也许情人仍旧还会手挽手
但不会在这个时节里同行
他们会用手机
订购生命的时光

一条河学会咆哮
沿着时光怒吼
无论沉浮
两岸青翠依旧

飞翔

乔翔诗词精选

一个老者的背影在风雨中摇曳
曾经可以改天换地的手
握不住遗失的风
和无奈的沧桑

枯枝飘摇　细草纷飞
蚂蚁的巢穴高高筑就
历史的城墙百孔千疮
台风下　都是旧时光

期望一个黎明　在台风之后
是满天朝霞
满地希望
我们步履轻盈　走在无尘的心地之间

2019年8月25日

第三篇

岁月如歌
——岁月的印迹与感怀

1.人到中年

天　已没有阴晴
只有一路脚印　踩下执着
从日出伸向日落

也许早已不在乎身边的影子
也许早就没有了影子的概念
左手握着右手　很自然

偶尔　想在夜幕下看看星星
那是一片看不穿的时空
只觉得伸长的脖子酸痛

酒就不是什么很好的东西
昨天又一次把我的感觉麻醉
今天想　应该再一次摒弃

花开了　又谢了
我也习惯了

2010年1月25日

2.那时·花开

记忆　坐在老去的时间中
盛开着　那时的芳香

轻轻翻过泛黄的章节
可否还有风情
再次打动真诚的眼神
让心　在另一处微微颤抖
携手走出　古老传说

请不要在月下轻叹　不忍
惊醒沉醉的红颜

　　　　　　　　　　2012年1月16日

第三篇　岁月如歌

3.今日立春

今日立春
以腊月的冷风欢迎
以凝固了的感觉再生

立春
总是一个煽情的文字
在冬至后的四十多天
有人数着九过来
有人念着流年过来
我却在这一地的李花丛中
等你

是　等你的芳香
等你的和暖
等你的大地复苏
让该冷的冷去　该死的死掉
让机会平等的　万物重生

立春
你是不是只是一个小数点
在时间的长河里
漂浮成日子　再一一滑落

2018年2月4日

4.致三月

从二月走来
在三月盛开
日子　就用时间串起了感觉
温柔在一瞬间融化

如飞鸟　如木棉　如微露
来不及记忆的美好
在那一刻曼妙

于一个脚步中
于一个转身时
于确认过的眼神
那风　正轻轻地飞过绿色

2019年3月1日

第三篇　岁月如歌

5.春风吹动

春风　在蒙蒙细雨中
把谁的心　一丝丝吹动
让眼睛匆忙地装满嫩绿

那绿色中　又是谁的花
在一粒粒绽放
从地面　直到空中

空中的色彩　有天的蔚蓝
有人的骚动
有远处无法看见的迷蒙

一阵风过　带着自然的芳香
还有什么可以更舒服
除了　伸展运动

脚步轻轻　踩过每一片叶子
小心　别惊醒春梦

2018年3月10日

6.三八节快乐

当我用语言组成花的蓓蕾
那盛开的　何止是节日的心情
就在这个早春的日子里
弥漫的　不只是温馨

生于性别　存于性别
那个从原始走向现代的路上
男人与女人都是过客
随风去的　我们或称为历史

春天来了
一起去放飞心情吧
在这个好天气里
每朵花
都可以醉倒如山的汉子

2008年3月8日

7.农历二月随记

在偶尔静下来的喧嚣背后,我们有时放弃思考,宁愿像个孩子一样痴痴地望天,懒懒地闭目,甚至长长地吁气,不为什么,也别问什么。此为记。

一声春雷从正月走到了二月
响声　从南向北
雨　除了沟满渠平外
还荡漾了窗帘后幽怨的眼睛

草是按着规律生长的
在泥泞中出生　纤弱　娇嫩
目光中曾有的怜悯一闪而过
哪个生命的出生不是带血的诀别

而经历早已麻木了一切神经
当带雨的窗与带雨的伞都被抛弃
几个小儿踩水欢笑
不用看也知道
他们的眼中没有别人　包括爷爷奶奶

车轮下水花飞溅
无论是花还是花一样的姑娘都被玷污
倒影在沉寂下来之后
还是蓝天白云

目光投向高楼时
不必知道有没有人看你
长得是不是像草
无论娇嫩还是枯黄

2019年3月11日

8.春风别情

春风
别那样轻柔
轻柔　会让我的思绪无法飞起
懒散地无边漓落
如柳絮

春风
别那样微温
微温　使得整个冬季的寒冷在一个早晨化尽
望着你
我无法在阳光下伪装自己

春风
别那样催眠
如果　这种情使我无法睁开双眼
可能错过了小草的清新　花的灿烂
可我真的不想错过　你的舞姿

春风
别那样　轻轻走远
酒才温了　客还在天边
些许风尘　你让我怎样排遣

2006年5月12日

9.走在四月中

走到人间四月
我听到了春的声音　此刻
是不是成熟已不太重要
我们站在阳光下
一起看　时光旋转

许多的花开在别人的田野
已老化了感觉
一样嗅得泥土的味道
此刻　我只想听听风的消息

颜色应该可以把心情染就
那么　你我所拥有的
绝不是一个简单的地球
比如山的两侧　叶的两面

当四月的花轻轻地飞过门前
本来执着的脚步还在为谁守候
天上的风筝
可否就是心中的牵挂

2009年4月23日

10.下雪了

今年五月　听说
北方下雪了
没有人奇怪
雪　在地上悄悄地化了

老人们说　过去如何
老人已老
雪化了
只有大地知道心在为谁潮湿

五月　在南方吃着烧烤
不明白北方为何那么冰冷
风说
我就只是过客

五月　北方下雪了
哪一片雪花可以入梦
让南方
也感觉到清凉

2018年5月23日

11.农历五月初三

那一刻　似乎天地为你变色
一条走过的路
从开始到结束
都是你　孤独的背影

天地就是这么大
可以走人　可以走狗
走心的人
你是看不到的

龙舟水来势凶猛
你无法壁上观
我也不可能隔岸
但　如何才能同船

我知道你的选择
所以
我不摇旗　也不呐喊
静观　一地凌乱

2018年6月16日

12.五月里的白日梦

如火的　不是天气
是心　让世界燃烧
哪怕你只给我黑夜
我依然可以使一切鲜红

那个雨季里
春风散去了
一只狗追着花在跑
一个眼神赞赏
一地爪印　一摊浑水

绿色的梦
一行一行
是谁　举着火把
一个点一个点地点燃
让人口渴　都无法说出

这是一个酷热的夏季
我一身汗
怎么可以
到达你的清凉世界

2018年6月18日

13.六月，蓝蓝的天空

六月　天是蓝色的
装下　从今天早上开始的心情
那些雨滴
把昨夜清洗干净

阳光在叶子上跳舞
我的思想　也在发亮
期望着
可以把行程看清

文件上说了　热带风暴在海上孕育中
我问一只燕子
她的回音好远好远
别听　别听

是啊　一滴水穿过了时光
打湿了心
带走了什么
在这个空蒙的世界　如你

六月　天真的好蓝
是谁的影子
让白云悄悄带回

2012年6月12日

14.七月流火

七月
太阳正在点燃心灵
　夜　　也变得火红

心曲是可以弹唱的
静夜下
正沿着每根发丝　　流动
凝立的背影
试图以双目包围晶莹的晨露

小花正悄悄嫩嫩地疯长着
你曾经说过　　她叫承诺
在黄金季节会有惊喜
今夜　　我试着为其割去所有的羁绊

生活简单得如一杯白开水
思念的日子却也沸腾弥漫
我拉开遥远的夜色
却无法看到美丽的身影

桌上的咖啡冷了　　味更浓
我的笔在思想的边缘停顿
这一切　　怎样的微温

2009年7月8日

15.夏日

日出日落都不重要
我心里一团火
已燃烧了整个夏天

窗外的鹅卵石、旷野 都已干涸
一处秋风开始摇曳
狗的舌头依旧伸得好长

诗意在半枯黄的枝叶里滋生
不用落在地上
就已经蒸发干净

你站在对面 像隔着几个世纪
把文字组合成诱惑
让我猜 哪里是过去的真实

大雨落下时 连文字也歪斜
我真的扶不起来
一路颠簸的心情

夏日 太阳正火热

2018年8月28日

16.立秋

起风了　我们想象着
看一片叶子接着一片叶子落下
秋　一副成熟的样子
站在制高点上　裸浴

沿着田边跑过的
除了人类　还有很多动物
思想和足迹无法匹配
统统都不会在田里生长

成熟的果实弯腰曲背
不成熟的依然锋芒毕露
铮亮的镰刀
割到的都是草

落叶在房顶上颤抖
灰瓦在岁月中老去
炊烟渐淡的时节
酒香也留不住朋友

其实你还不必用拐杖
只是那幽深的小路
还会不会有光
照亮所有前程

秋天　轮回的过程而已
只要心不冷
风　造就的只是风景

在漓落的雨里
我拉住了你的灵魂
落地生根

2018年8月7日

第三篇　岁月如歌

17.初秋感怀

想看看你的心情　于分别后的日子
雨在窗外下落　不了了的还是黄昏

一只叶子飞来　依旧嫩绿着
我手上的纹路无法与你弥合
只一翻转
还是翩翩的你

目光早已穿过了雨雾
一把熟悉的伞
勾起几个季节的多情

脚印在心的节奏里走向远方
想知道
你是不是还在云端守候
等　秋日的阳光

2009年10月29日

18.入秋风

今夜　秋风凉了
我站在门外　数星星
一颗　两颗……满天
是不是　都是我曾播种下的理想
遥远到　不可触摸
数到　月落

今夜　可以不谈风凉
我的夏装　可否还裹着炽热
行走在　孤独的旷野
那沙沙枯叶声里　更远处
为何飘来　月上西楼里的落寞

今夜　我陪心灵
慢慢感激四季　在离冬不远的时节
逃出　那即将冰封的领域
在行走的线路上
栽植出　另一番春色

今夜　我在旅途
静静听　时光成长的声音
浮华与阵痛的鸣响
风在窗外　梦在楼上

2014年9月23日

19.十月

十月
我走近你　走进你　走过你
换了的季节
来不及变换的　心情

匆忙的脚步
赶不完的路
十月
一样的不可替代　不可辜负

十月　也许就在一个午后
风云际会
我们依然在阳光下
翻晒着赤子之心

十月
记忆里的叶子会老去
那一抹抹黄色
惊艳了谁的梦境

十月
狗在追逐着太阳　奔跑
冷空气与台风二人转
我们的衣襟猎猎

像是在等　一场雨
走入下月
再一个下月
老板说　那时就可以放假了

是啊　我也这么想的
想了好多年了
看
才十月　果都红了

2018年10月21日

第三篇　岁月如歌

20. 十月阳光下的心情
——写给远方关心我的朋友

远　就在天边
不敢正视你的容颜
只怕　那一瞬将生命点燃

近　看得见
全世界都温暖
从朦胧的双目到忙碌的指尖

十月　风云的季节
离落的背影里
是谁把温暖的味道纤纤糅合

户外
那个阳光下起舞的精灵
请带我　一起出游

2011年10月26日

21.秋风与秋月

别问秋风　别问秋月
我在阳光下
等待　传说中的天气

昨夜　你的雨洒在异乡
把我的过去打湿
谁给了老子的思想
让我　融入世界

曾经的梦　在这个秋季
惊醒成怅惘　我不成长
这一世都是荒凉

阳光下　白云蓝天不是定式
城市里的天空
早已　不是儿时的色彩
我只有一身的行囊
如何　装扮别人的天地

风　依旧是风
我无论在哪里
也有　我的风　我的路
我的行程

2016年11月1日

22.十一月末的秋思

十一月　行走在交界的边缘
枫叶在南方还没有红
等待　对于痴心的色魔来讲
南方就是一个来错了的地方

口号都很好听　花样也在翻新
伤心的农家乐找不到更多的顾客
这个季节连衣服都不好选择
哪里还有风景

没有雪的冬天似乎总是缺少什么
尽管我们好像已经习惯
却像对着镜子的脸　一天比一天难看

那挂在树枝上的黄叶
呼啦啦的就是不落下
突然想到那些秋高气爽的日子

温度没有太大变化
湿度没有太大变化
怎么
感觉突然差了很多

花还开着　成了不老的传说
果还挂着　一个个地掉落
噢　阳光的角度在变
天黑得早了　对面也模糊

十一月　可能缺一场雨吧
洗净天空
洗涤心灵
不要雪藏
让心愿在下一个早晨清新俏丽

2018年11月27日

第三篇　岁月如歌

23.陈年如梦

风霜不是当年
还是 一层层 改变窗棂
空把茅草
一批批 就地枯黄

落叶下沉睡的记忆
不时被风搔动
却再也不是种子
可以重生

记忆中的小路被大树遮掩
身影如幻
何处传来你的声音
一刹把所有时空转变

台阶 庙宇 大殿
哪里才是你的真身
不改的容颜

滴水清音 满檐
何必拂扫陈年
一地旧事
塑不成从前

2011年11月23日

24.岁月下的沉思

这是个没有想象的季节
我守在即将崩溃的边缘
看一场雨接着一场雨
雨一滴连着一滴

想不出那些走过的路
现在是否也长满了荒草
从这头堵到了那头　淹没了身影

好久没有牵手了
手孤单着　冰凉着长在风雨里
期望伸过那条鸿沟　抓到从前

可以从那一端走回吗
无法改变的季节　无法改变的你
只好这样　一次次刷新自己

那天起　雨就一直下
我想　等天哭够了
我会是什么样的心情
坐在这里　数着
一圈圈年轮里的叹息

2008年6月30日

25.十年后重逢在长安城

我们都很累
这一程
走了十年　也老了十年

秋天的雨来得真不是时候
是谁挖开了城墙
让我看到了历史伤痕的潮湿

一张桌子的距离似乎永远都不会改变
你说　我听
窗里窗外都是落雨声

古城的天空是我一直都不喜欢的
我说　你看
这一路都是尘雾

如果不是有那么多羁绊
你一定能够微笑着
走出雨天

如果能放下那么多的不如愿
我想
我现在一定会站在蓝天白云的下面

其实　我们都知道　许多都应该放下
在这沧桑的城墙下
生活　就是这静静的时光
可以享受

2008年10月20日

26. 永恒的开心季节

昨夜　那片星光下谁的花在绽放
把整个年轮摇乱
让晨起的寒风
也　无法挡住一夜的笑意

也许不该记住季节
那时那地
过去的只有荒芜
一个冬天里　只有风吹过

也许该记住季节
心中的花园何曾凋落
此时此景
飘散的还有过去的芬芳

如果可以改变
四季　又何尝不是一季
香不曾去　人不曾来
还是春色

2011年12月9日

第四篇

月是故乡明

——思乡与念亲是人之常情

1.亲情

分开繁叶　在浓密处寻找属于自然的亲近
久违了
我的感觉

那些打开思想为你照明的夜晚
人生的小路　在你脚下
为何踩下去的一步步都是疼痛

阳光下曾以一种伫立不倒的形象站在路边
这个本为你栖息的地方
不知何时已生长出没有季节的潮湿

花开的季节里我们一同仰望天空
你放飞着梦幻
我开心地流下执着的汗水

在你挣脱的动作里失去呼吸的
是我的梦想
亲情　被你紧紧缠绕成黑暗中的束缚

经过这个雨季　应该还有什么可以复苏
回归应有的感觉
与你　走进阳光的血脉中

2008年5月7日

2.祝福母亲

当再一次相聚成为分手
当再一次分手成为惦念
母亲
我们已习惯了什么

如果培养注定是分离的前奏
是什么
让你用一腔心血
换得形单影孤

如果脚步注定不可能同行
母亲
我那青少年的岁月
又如何度过

距离　在我们越走越远时
却越来越近
但我却如何跨过
面前那浅浅的一片红尘沼泽

风霜也许无法磨灭性格
母亲
我尊重你的选择
如同你决不后悔地送我上车

水的北岸　有一片阳光
山的那边　给你一片春色
母亲
在每一个角落里都有儿子种植的祝福

2006年9月5日

3.情感回归

从来不是不想回来
只是　不想面对一种无奈
今天我醉了
就醉在了回来的行程里

诗写了千百首
却不知道什么是诗了
我站在文字的门外
大家都很陌生

昨天已被我揉碎
如同嚼下的所有感知
处在城市的街头
我被路灯痴笑着迷茫

如果真的醉了
我可以什么都不想
现在
我为什么还念着你们

穿过物质的手
能抓住一丝精神上的快乐吗

2009年6月18日

4.走过家乡的河

那一年　走过家乡的河
在人海里把自己埋没
回首
再也看不清　记忆中的村落

城市的天空没有理想的色彩
怆然的忙碌把情感悄悄地消磨
难得的相聚
每一次　都变成再次失落

一把惦念
一意执着
挥手再见后
都散落成满天的星河

那星河啊
如何把你编串成一个圆满的心愿
在我的城池里　装点路途
闪闪烁烁

2006年9月5日

5.母亲节里的思绪

是谁把母亲节写到了日历上
让挂起的心　在风中游荡
让游荡的人
把所有的思念刻到心上

岁月成为河水
那里会时时泛起儿时的家家
却在母亲的苍老里
一切都风化了

当我走出家门寻找迷失的自我
思念的包袱就成了母亲的睡衣
我的所有　只换来
另一端的更遥远的孤独

尘世　迷雾　乡音已改
母亲以淳朴的亲情用原谅把自己的思念封闭
所有的牵挂
只剩遥遥的梦

我知道　每个脚步里都有母亲担心的目光
也知道　自己的秋千如同落叶
却始终不可作答
一旦停止　哪里才是根

可是　母亲
在你我重叠的岁月里
怎样才能把空间拉近
给我一个机会　不会遗憾

天上的云
在母亲节的日子里
只下了一场雨
就那样　一朵一朵地飘走了

2007年5月10日

6.陪伴

有人说　陪伴是最长情的告白
谁说的已不重要
重要的是
你能　感觉得到

陪伴　从出生到离开
从学语到叛逆
我的身　一直压着你的心

陪伴　在没有通信的年代
就是院墙上的那一道门
锁住你的目光　拦不住我的身形

陪伴　在人生偷闲的时光里
就我和你　聊聊家常
告诉我　那些不知道的秘密

陪伴　看你蹒跚的步履
踩在我的路上
无论怎样的天　一样闷热

路　还很长
不怕　有我陪伴你
一起走入风景

2018年6月1日

7.祝您生日快乐

从未奢华　也从未老去
从出生到现在
您的财富就是拥有平凡的我们

点一支蜡烛
任岁月燃烧
祝福的言语默默祈祷
在那一刻　时光永驻

曾经的我们无知
曾经的过去无力
曾经的岁月化为回忆
你陪我们　成长
我们陪你　变老

不要想太多　不要做太多
只要健康
相信　你的背后有我

今夜　皓月当空
一首生日快乐歌深情地飘过
一年一年
永不停歇

2019年10月12日

第五篇

静 夜 思
—— 情感的自留地

1.一个人的站台

一步　实实在在
一步　空空荡荡
让我如何停留　这有人还似无人的站场
过往　就像列车一样

如果没有思想　夜就不会忧伤
独自出走　伫立成彷徨
一时间　把所有的精明都化成迷茫
走一步　还是没有方向

如果还有思想　今夜就不会忧伤
一个舞台　一片霓虹　一个人
找个位置　跨一步就辉煌
就连飘移都有力量

一个人的站台　左右都是方向
执一份坦然
出发就是成长

2007年9月6日

2.越夜越温柔

轻轻牵起我的手
从躯壳起飞
这个午夜　从此属于你我

一切都是那么轻盈
如水
如你的眼睛
让我可以看到心底的样子

一切都是那么从容
山　曾经是昨天无法翻过的难度
此刻正成为基石
让我看得更高更远

一切都是那么温馨
如雨露　如春风
我们可以向着星际飞行
腾空　再腾空

放纵后的疲惫成就一个姿势
卧
我们得以明天的重生

2007年10月22日

3.夜,让我摇着你一起入睡

夜　在咖啡的对面
让我嗅着清香　看着混浊
体会微微轻醉

夜　在房梁的上方编配成音符
把情感一个个束缚　一个个唤醒
交织成一种目光里的痴情

夜　在窗外记录过往的痕迹
成为路边的等待　池塘的倒影
随轻风悄悄摇落

夜　在天上成为星河
守候太阳与月亮的许诺
送给你　也送给我

夜　在心里　静成一片海
成为所有祥和的期待
此时此刻
让我　摇着你一起入睡

2006年12月26日

4.今夜柔情

这夜　你为我铺开了大海
从此埋没　所有深深浅浅的脚印
甘心
随你沉浮

这夜　树上的花悄悄盛开
请借我一寸枝条
遮掩红尘
为你栖息

这夜　芦苇花轻轻划过了湖面
沉睡的心开始苏醒
衬着月色
泛起了一圈圈的涟漪

这夜　小老鼠叼着柔情匆匆飘过
丝丝草丛吹起了摇摆
四处
蛙鸣起伏

这夜　温柔的雨冲刷了思想
把沙滩打成空白
任白色的海浪
一次次滑过

这夜　云卷云舒
穿过那层层的温柔
到天边
挂起满天的星光

2008年7月11日

5.夜思，回首中的快乐

这夜　让我如何睡去
一路风景似乎早已醉倒了身形
但我不能等了　等过了七月
哪里可以找　如火的情结

昨天的昨天里　我把一盏灯熄灭
期望用我的目光可以看清世界
或者　用一个无可争议的颜色
为自己装点未来的行囊

昨天有累　也有醉
有过反悔　有过放弃
可是今天　我依然站立
站成我想要的姿势　在大地时节中

于是　包括这个可爱的夜晚
可爱的心情　只为
那点韵味　从身体的深处舞起
连成一条条的线　串着一个个回忆的甜蜜
让我甘愿成为文字的奴隶　快乐着
燃烧我的时间

2007年7月11日

6.午夜,听为你守候的笛声

午夜　笛声反复下只有心情
将一池静水微微吹皱

想象中　神灵可以化为万物吧
如草　如石　如风　如夜空
不然
你如何感受到我的心情

现代的灯光已不再说明感情的闪动
那投向更远的　只剩下眼神
落在夜幕的哪个角落
寻找　你思想灵动的出现

一杯茶一支烟都成享受时
我也许不再有追求
徜徉午夜
享受　那因你而起的　良好心情

2006年8月31日

7.听风之夜

星空　那么近　那么远
我只想问　去年飞去的愿望
离你还有多少　时间

小草　老了的枝节里还要生长什么
去年我打扫了一个秋季的地方
是不是　只为了你的到来

微风　从哪里来啊
风尘的味道里　有年轮的影子
把大地一遍遍抚过

月　其实圆与不圆没有区别
仰望过你的人很多啊
此时　你还是那么冰冷

一杯茶　守着心喝
不要醉　吓坏了宁静

2013年6月30日

8.今夜，与思想离别

今夜
我为你而来
与你道别
只为　在你离开的日子里
思想也一并逃亡

我是一座荒芜的废墟
在深度的旷野处
有一种嗜血疗伤的传说
你会轻轻地路过吗
就在这样的夜里

有一路歌谣凭风传来
我在几千年前就已苏醒
是谁迷惑了我的眼睛
让我这一世还看不清自己的身形

传说有过一个故事
这夜　只有月光
世上一切都透明
是谁的思想被吹跑了
到了天上　还在低泣

2009年1月14日

9.再次分别

此刻,让我默默地看着紧握的手渐渐分开。

墙依然那样惨白
变幻多年的身躯
只让影子越来越模糊

房间还是那样低矮
成长了的岁月
始终不能改变空间的尺寸

空了的案台　谁还在侧面
伫立成等待
缕缕烟尘还在角落畅想未来

成功里是否还有怆然的声音
长河落日下　行者的足迹是否停留
淡淡晨曦中可否理解　这片情怀

此刻　让我默默地看着握住的手渐渐分开
不需要语言　不需要目光的交流
只看你坚定的双脚　一步步踩碎尘埃

2007年10月9日

10.无题

拿起　放下
完美的压力就在于干干净净
何事如酒
越多越不清醒

背起　放下
一路奔波是什么跟跄了行踪
那么多追求
何时都已在肩上

想起　放下
于错综中寻找方向
远的像风　近的如梦
只有淡淡的伤感痛得那么真实

今宵又酒醒
烦乱了满天星斗
留下一个痴人
孤芳自赏

2017年4月14日

11.夜语

今夜无语
看　雨后的河边
有你

站在风里
长在土里
如果　我不在意
你在谁的心里

天　想黑就黑想白就白
水想去就去
我数着你的嫩叶
只有一季

星光　太远
月光　太温柔
灯光啊
为何你的影子那么长　那么长

第五篇　静夜思

长到天明时
让我找不到方向
今夜无语
只想看　满地的心事

守着
我的孤独

2018年5月18日

12.夜色下的海

夜　如海
我徘徊在你的身边
看你喧嚣无眠的样子

其实我也不在乎赤裸
如果你真的那么黑
我更喜欢白色的裙子　飘荡
与浪花成一线

那些灯光　可恶的聪明人
让现代没有了幻想
连脸色都照得那样苍白

今夜在你的臂弯　夜的海
等雨来
让我蜷缩的思想退回躯壳
在夜色下
追浪

2018年8月28日

第五篇　静夜思

13.这夜,你不知道的很多
——厦大海边漫步

这夜
你和我一起沐雨　听海风
你说　你还很年轻

雨是新的
此时此刻　没有情感
挂在我满怀激情的边缘

雨说停就停
来不及让你的思想表达
我们一起苦恼

存在于一个时代旅途
厦门的钟声敲响
你我都是过客

不敢回首　那段真实
今夜　雨从南方来
我被什么束缚

海风吹过了几千年
你坐着我站着
我们今夜不想念文化

2018年8月28日

第五篇 静夜思

14.夜空下一样的真实

今夜　瘦月夜
我在你的思想里一样瘦弱
如用这一地月光
照亮　微微颤抖的蛛丝

其实　明天太阳升起的时候你还在高处
只是我们在脱了衣服后
水是一样的烫
眼光　一样的陌生

今晚　不是犯罪　只是洗尽铅华
你洗与不洗　真实都不会变
池塘的涟漪　一会儿就停下
蛙　依旧在叫

明天　当我思想里的瘦弱等到你的干涸
你才知道什么是渴望
那么真实
在光阴的背后忏悔

瘦弱　如初一　如白天
他们说那是初心
在几座山几道弯的后面
在太阳下面　思想早已学会改变

今夜　我的思想也许缠绕　但不会灼伤
看你高高在上的脸
照在地上的
是起伏的　淡淡的忧伤
随风摇摆

2018年12月5日

15.夏日黄昏里的飞絮

这个黄昏
我站在夏日里
看天边变幻的色彩
想着　日落后的清凉

你匆忙地
一步一步走过
湿透的衣服里
高速流动的血脉在为谁偾张

影子越长越淡
直到融入黑与白的交界
谁可以转身　此时此刻
改变方向

城市的空气里混杂了各色的饮食味道
一时间饥饿涌遍全身
贪婪与欲望
再次让脚步放弃思想

没有思维的肚皮越来越大
成为负重
在黑夜下扭动
让城市步履艰难

盼望每一个清晨的到来
庆幸自己的同时感谢自然
洗洗涮涮后就是一个全新的自己

黄昏　交界处
如早晨

2019年7月30日

第五篇　静夜思

16.午夜,我可以看到阳光

日子一下子被分成了前后的两段
就站在这午夜的分界点上
我知道　清楚的是我
不清楚的　是昨天

其实根本不需要走动
明天一样来临
何以那样的徒劳
让自己的双脚走遍万水千山

明亮的星在夜里是最耀眼的
成为一度的追求
在阳光下的时日里
根本没有星的痕迹

今夜　我站在窗前
穿过迷蒙空间的目光
可以看见
明天的色彩

2008年9月25日

第六篇

相 思 曲
―― 一曲相思有人听

1.想念,夜宿云浮记

一直想着　给文字一个重量
这样就可以把思念压倒
一头跨过珠江　一头伸向北方的家乡

日落的时候　我从不知道会在哪个码头靠岸
看他乡的风景　书写我的行程
随风而去的岁月里
会在月圆月缺时增加凝望

时而醉酒　却一直无法醉倒思想
今天
在又一个无眠的夜里再次把时间拉长
人在远方　梦在远方　路在远方

想象着应该很好地睡去　躺在云都已浮起的地方
一串串的想念都会在上空起舞
向着一个理想的方向　启航

就此可以轻轻地拉上窗帘
留一屋温暖的灯光　相聚
梦中

2010年1月31日

2.长发飞扬

站在风中　孤独
守望
那无论是面对还是背对
都无法吹散的　思念

思念在风中交织　打结　编织
如网　如绸　渐渐胶凝
凝固成透明的玻璃

在玻璃外缘
你的长发飞扬
我　却无法触摸
那丝丝的真实

一如
　我
不能将过去和未来拌和

2008年8月2日

第六篇　相思曲

3.那一轮弯月

那一轮弯月
你就笑吧
我只需静静地站在树后
等你睡去

今夜
是谁把淡淡微笑挂在你的脸上
让大地都变得松软
连目光也痴迷

隔着风
我想与你诉说往事
只是树影轻轻摇头
都是从前　都是从前

好吧
此刻我已沉醉　可以放纵
就让清晖任意地抚摸
把一地的足迹都盖上浪漫的影子

2009年11月25日

4.相思的眼泪

今夜有雨　在心头
打湿了一地的相思

持盏孤独的火烛
一路照去　沿记忆的方向　前行

想象　是一只不可睁眼的玩具狗
任我千万次抚摸
再也不会打开心灵之窗

流淌去吧　这无形的泪
明天可能还会冲出一条幻想的河
河上　会有一条彩虹　横过

2008年3月27日

5.亲爱的,我忘记了写诗的感觉

许多人对我说　写情诗的人没有出息
亲爱的　这夜
为了自我　我不想你
只让星光一点点从眼前划过

文字　都是一种情感的负重
我在其间无从选择
就让它隐在远远的天边

所有的力度　都让我扶尽
我已醉了
在这个思念的季节

因为没有本事　我写情诗
给你
让你读着　我也不懂的文字

在那个许久不曾光顾过的角落
亲爱的　你的花已开
就在今夜　我在他乡闻到了花香

他乡　没有花
只有我　独自为你绽放

亲爱的　这夜
我埋没自己的所有感知
只把文字写给你

2010年7月16日

第六篇　相思曲

6.那年,那月,那片森林

那年　一片森林
我在林外　心中荒芜
看世间风雨

那月　没有了风雨
没有了自我的日子
只想看　丛林里的美好

那日　阳光下的影子
印在记忆的深处
从此　任花开花落

那年　那月
我只是匆匆地路过森林
顺便　拾起了你的样子
成了一生的行囊

2013年7月30日

7.山水连岁月,情怀总如诗

一转眼　三十年
流水不断　青山不减
曾言天下多少事　都付春花落窗前

慢回首　忆从前
说是欢欢　感是满满
踏遍青山终不悔　春华秋月谈笑间

谁在窗前独思量
谁在路上自蹒跚
那年那月那杯酒
一起回味几十年

事事经年　山水相连
不提谁在此中乐　情到自然有音还

莫问情在何处写
寞寞相随已释然
二十四时多少日
思思尽在彼此间

春秋长如水
世事总如山
江湖是行路
风雨亦向前

夜深家中亮
征尘归来远
田园有人笑
白云自在闲

2017年2月8日

8.冬日里思念的感觉

水　自由地流
我站在河边　静立
一块石头和树相互陪伴

些许柔情　就在这个初冬
悄悄凝结在高高的树梢
成冰封的晶莹

守候　在人海成为无名的宁静
不知觉中
目光里　只剩下一地影子

明天　就在明天
寻找的梦　可否会清醒成一片晴空
有你的身形
把思想融化

2007年1月10日

第七篇

山水有情
——一花一世界

1.石头与海

谁把石头抛进了大海　此刻已不重要
从此却产生了思想的激昂
那浪花
从此开始了无穷无尽的追逐

因为坚硬　所以不能随波逐流
所以不被海的柔情打动
阳光下的期许
只有梦境

因为执着　所以从不改变方向
所以总刺伤水的心灵
如海的柔情
从此不再浮起你的身影

因为自我太重　无法顺从
所以更远的世界只是属于流动的沙啊
只好任你沉沦
还大海一片清静

2008年3月21日

2.莲的心事

一次次沉没
一次次重生
一次次无语
这些心事　还能为你守候多久

情怀在今天打开了　为你绽放着
蓝色的天空下变幻着期待的色彩
什么时候在我的水里　可以
重叠你的影子

知道你在彼岸的荒芜下低回
昨天的雨很大啊
流水带走了多少浮萍
我在黑暗中一直寻找你的根

错过
很想很想　季节马上就可以重复
下个花期
你会与我并肩站立

2008年7月3日

3.蒲公英

那是你吗
随着一阵风走了
我的手心
为何还爬满着痛痒

曾经　黄色的小花上长满了阳光
希望渐渐成熟
可爱的日子
总沿着时间丰满

当丰富的营养僵硬了躯干
出生的脐带已是必然的羁绊
成熟时节
伴随着一阵阵撕裂的痛

不知道攀升的梦还能支撑多久
你苦苦挣扎着离去的样子
可还记得　风中
留有摇曳的影子

我脚下的泥土啊
才是你生长的地方

2008年6月19日

4.致月

想李白吗　与我醉
若非如此
何必　将这一片相思
洒在床前

忆嫦娥吗　共我舞
若非如此
谁又　逢此夜深时
独揽青山

自从相识　不相忘
一月清凉
牵我手　卸我戎装
无语诉衷肠

楚楚单影　托绮梦
枉过千秋
徒笑我　扁圆多情
寂寞守长空

2006年9月7日

5.雾起时的心事

雾起时
你用身影裹住我的心
找不到外面世界
你说　来去都是种必然
我说　承受有很多种方式
雾很大
我们都为之融化

雾再起时
心随雾一起弥漫
是不是可以就此到达你的世界
穿过枯萎荒凉的思绪
在那无景的深处
可以接洽
你的心事

雾散后
我是否可以保存滴露的花朵
在风划过的沧桑里
充实着一种思念的味道
从来的地方　到去的地方

2008年12月5日

6.窗

明明是你隔开了整个世界，却又充满希望给我。

远处　喧嚣的世界
从窗缝里一丝丝挤入清静的思绪
一定有哪处已经破损
一支笔被迫放下　一段故事也从此失落

一声声鸟鸣在阳光下飞入室内
玻璃　是那么的多余
茶韵袅袅里　故事缠绵
于一个灿烂的日子里把影子印入自然

月色　在浪漫的季节把窗口照亮
拂过微尘　暗送花香
我用岁月的容颜数你幻化的身影
任所有的情感都在双臂间化成清晖弥漫

窗　开放的限界
流入的思想与流出的情感总是碰撞
憧憬出山的样子
让我蹒跚而行

2011年10月25日

7.风雨兰

呵呵　你同我一样
经不起折腾
一天　一个形态

今夜 谁为你洒了水
在如此季节
竟要绽放　成迷人的使者
忘却时间

如同心事　那么远
无法触摸
这么近
幻化了目光

这夜
你绽放时　如何
睡眠

2011年12月23日

8.告别白莲花

我只是一个过客
在某个傍晚借助月光一亲芳泽

各自的孤单　就那么自然地成为相望的理由
心思就成了很轻松的接近
我甘愿化成了一片荷叶
用嫩绿为你把污泥遮掩
看着你轻轻地绽放　婷婷地站立
只留下唯一的洁白　弥漫在大千世界中

是哪个浮萍不小心碰撞了你的心事
刹那间情感融化到了所有的池塘
我心如锦鲤　在你的身边巡游
一次缘分的接触早已使你花枝震颤
迷醉在风的季节　在忘记呼吸的时刻
花粉已经扬扬洒洒了

当　时光从池塘的一岸走到另一岸
我必然地走向约定的归宿
心中的影子　却在每个夜晚悄悄地回顾

你还在那里伫立吗？
我　只是个过客

2007年8月13日

9.天马

骑上思想　今夜可以翱翔
刚下过雨的天气　透明度很高
我可以换着花样
把世间　扫描成四季的模式
你说的话　就在昨天被雨洗白
我做的梦　还在故乡的摇篮里重复

湿度太大了　思想就飞不高
前方的树林好大　可否安稳地暂栖
那个冬天　那个秋天　那个日子
一山一水　一座城池　一个人

谁在背着过去的影子　爬行
风吹裂的　绝对不是肉体
灯光很多　彩色的倒影也煽情
鸟巢　在最高的楼顶上繁衍
蚊子依旧穿堂入室的十分亲密

谁闭上了双眼独自摸索
天外之音总在一米之外
不同庙宇传出不同的旋律
不同的山上有不同的神仙
我如何可以停住思想
与你一起沐浴　山后那条柔柔的小河

今夜　马儿可以不吃草
只想知道　何时可以飞跃
你那神秘的私家花园

2016年5月12日

第七篇　山水有情

10.蛙声

蛙声　夜的旋律
总在该清净时来临
躁了一个时代思绪
让心灵　也无处安放

诗意　就成为跨不过那条河的脚步
隔着潺潺的虚无
洒落成这个夜的沙沙声
任恣意地玷污

想象中的美好几乎都与人无关了
如何让文字也能回到纯洁
一个个直立起来
分开夜色

蛙声　为什么你一定存在
如果　你是人类
应该学会闭嘴

2016年5月9日

11.雨·车窗

雨　淋湿了一扇窗
却模糊了整个世界
我隔着玻璃
想不透你的心

山　在远处
因为距离　变得很小
谁也不敢忽略你的存在
却也难以一一膜拜

路　哪怕是自己修的
也会有不平
只是从知道的那一刻起
我们都已透明

雨　打湿了一路行程
大车小车　都是路过的风景
我的车　依旧
载着我的梦

2018年5月10日

12.无面木偶

很好　无面
不就是一层皮的事吗
何必拖累一生

不用考虑结果
因为　一个转身就是陌生
看谁　都是一个表情

没有窗子
所以无法泄露秘密
也不会有阳光普照

那条线啊
牵在谁的手中
又在谁的舞台上曼妙

一圈一圈
不是云
都是梦

2018年6月11日

13.凤凰花开

五月的一片天里
努力高飞的样子
让俗人
——仰望

羽叶是不是羽毛已不重要
位置决定了形象
一头的绚丽
注定与上天媲美

木化的枝头
谁知道储存了多少世的期望
在几天的时间里
让思想也飞翔

那稀稀落落的风中物
地上的归宿
曾经的过去　高处
说了　你也不懂

2018年5月12日

14.康乃馨

于母亲节里得到的温馨
我不知该感谢商家还是自己
那一刻竟然泪目

多少年已不重要
第一次确是事实
让我只有感慨道不出心情

我们一路的奔跑
一步步远离
这枝康乃馨在左手右手都是形式

我在路上
您在心中

2019年5月14日

15.桃金娘

你在一侧的芬芳
已足够
让五月充满花色

不必在乎天气或阴或晴
只需努力
点缀自己的天空

我们其实离得很近
满足于一种欣赏
你知道吗

2019年5月14日

第七篇　山水有情

16.豆蔻

看到你带露的样子
我突然想起来文人和文字
他们都不足够

不忍触碰　让心一次次慌张
离远些
你独自开放

驻足与回首都不是留恋
反反复复想着你的样子
无端打扰了一个季节

2019年5月14日

第八篇

特殊记忆
——送给特别的你

1.今夜是否矜持
——记"湘春月夜"圈子

今夜并不想哭泣
可是
泪水却漫过所有的控制
洒入深深的夜幕

所有的心动都已随红尘再度起飞
飞到激动的高度
就算无酒
今夜再也没有矜持

网络里谁在唱响和声
硬生生把文学拉入情感中
看着文字　堆积炽热
跨越表达的界限

我的渺小
只能以无形的承受溶化时间
在那一刻　铸就虚拟的
永恒

2008年5月6日

2.网络下真情

在忙碌的背后一直想寻找一种感觉,说不出来的感觉,今夜,我是否已拥有?

寻找
完全剥离躯体的感觉
除此之外
真的不知道还有什么才是真诚

是谁　在网络的一端点燃热情
一把火再加一把火
将所有的黑暗烧得通红

你　把文字编织成美丽的衣衫
一件　又一件
换下孤寂　从此变得从容

湖水幽幽　空余多少花前月下
此夜有你
曾记否
昨日风轻云淡

第八篇　特殊记忆

春意弥漫　万事皆无痕
谁又在小扣往事嗟叹
纷纭尽处
岂是两处伤怀

夜风阵阵　拂过心灵
柔些　再柔些
别惊醒这满纸的沉醉

月星是否有心
如我
正为你一闪　再一闪
在深夜
有一盏灯把彩色的屏幕照亮

2008年6月18日

3.诗人与诗
——兼致诗人mxy

不敢读　你的诗
如一张钉床
如一座刀山

走进去
就会鲜血淋漓
诗句如刀
把思想割裂
不仅赤裸漏光
让灵魂也荡涤得无形

如果可以选择
我愿意就在门口徜徉
比如　我喜欢
看盛装的打扮
就像诗行　那丰满的样子

第八篇　特殊记忆

只是　你的诗句会跳起来
抓住思想
一会塞到火里　一会丢进太平洋
只留一道光
让我看到　模糊和阴冷背后
你的影子

当我合上诗集
谁还把诗写在心上
让字
变得鲜红

2018年5月24日

4.致那片海
——祝贺mxy的诗集发行

当以冷漠触摸你的冷漠
那片海　深不见底
光发自思想　在更远处幽蓝
而我所拥有的
只有波涛汹涌

不止一个梦
试图　走进你的幻境
从清晨到黎明
总隔有一层雾

你的足迹在山那边
有西雅图　有黄土地
有乡音　有山村
总有　我们不知道的秘密
在你的身后

我感觉你是喜欢黑色的
你说你是揭露黑色
我感觉你是暴力的
你说那是一种想象

明白了什么是主人公
明白了艺术在于引领
不过　那转了一半的陀螺
还是必要再加上一鞭

曾经　害怕的清冷孤独
被你占据成姿色
那个巅峰
有我看不见的你的光环
说些什么呢
在你加冕的日子
我是路人
对　是曾经的路人
我就站成欢乐的灯泡　站在你高兴的脸旁

看
我身后的滔滔江水
正向东奔去
为那片海
他们
也要拥有思想

2018年7月28日

5.亲爱的人们，站起来
——写在"5·12"汶川地震之后

亲爱的人们　站起来
就站在这大地上
就站在这曾经颤抖的大地之上
就站在这充满人间温情的祖国大地之上
活着　就是希望

亲爱的人们　站起来
站在风里
站在尘埃的废墟中
站在亲人急切的呼唤里
站起来　找到自己

亲爱的人们　站起来
拉住亲人的手
靠住亲人的肩
如果还有痛　你就放开哭泣
站起来　都是英雄

亲爱的人们　站起来
抹掉悲伤的泪　睁开希望的眼
寻找生存的痕迹
伸出亲情的手
站起来　为亲人撑起哪怕一点点的天空

亲爱的人们　站起来
人类终会站在大地之上
在那个母亲流血的阵痛中
我们都在期望着一种新希望的诞生
站起来　我们仍是强者

2008年5月15日

6.龙思
——写给2008北京奥运会

从无到有　这不是一个传说
自有文字记载的时代开始
以前　没有过
包括神话
但　从此没有人会忘记

初始的阵痛是生命的开始
只有坚持　才会成功
这样　人们都在致力于想象后的辉煌进程
于是　一个值得纪念的日子成为永恒

为了承诺与期望
龙的子孙发挥了神的力量
从实体建筑到沟通语言　从立体交通到赛场搏击
真实啊　在这个只能用身体感受却无法用文字表达的时代
龙的血脉　充盈着大地的每一寸热土
每一阵轻风　都向上飞翔

传统只是过去
现在　得到才是目的
藏身于东方的民族之魂终于清醒
不用沉思几千年
我们随时可以大声说出自豪的语言
天空有我　大地有我
无论站成什么姿势　我都是东方之魂

2008年7月11日

7.献给教师的文字

——2007秋日教师节草书

必然的接触　却成为永远的记忆
成长里含有你瘦弱的养分
就在这个时节　成为不羁的理由
让思想为你狂奔

为我高兴　为我而愤然
在那一片浓荫下　我无知地浪费过多少情感
曾有过的荒凉　如深秋下冰冷的土地
时时渴望着　你再次真情地走近
二十年前那个无法尘封的日子　却成为诀别的纪念

角色的交换不是一首歌可以表达的
职业生涯
让我真正认识到你　一览无余的所有

无论学与教
我们都必须做好这一场必然的游戏
师道　天道　人道
世间本无道
说不尽的世道

2007年9月10日

8.纪念海子

纪念　用什么方式　有什么内容
除了变形的思想
我用一天的时间为你煎熬
一缕清寒之光　在这个晚上
投向诗意后面的世界

海子　还痛吗
透过诗稿　可以抚摸心灵
你那深夜高原的激情与面朝大海的决心
还想用十个海子来重生吗

诗歌　经历你离去的25年
没有苍老　没有发展　正在平庸
平庸到可以不用自己写作还可以高产的时代
还有诗吗

理解　在这个没有诚信的时代还有必要吗
先分析文字的真实　再核实时间的真实
最后被权威者高举着"这诗是真的"
真的还有意义吗

海子　为什么那么多人想了解你的诗意
不了解思想　哪里还有诗的光芒
你想让人了解吗
不妨在你闲时
与他交流

        2014年3月27日

第八篇　特殊记忆

9.纪念杨绛

忘乎所以的人生在一瞬间清醒
不是因为你成熟了
是因为　她已离去

文化里有什么
除了丢失的真实
不可能再会有
像心脏一样的跳动
哪怕　是丝毫的颤抖

我们都在致敬
为了一个人
却无法朝向一个方向

在不为得到的地方
得到了很长的影子
微凉着　迷茫的世俗

2016年5月25日

10.今天，你就是待嫁的新娘
——致揭惠高速公路、潮漳高速公路交工验收

匍匐潮汕大地
一身浓彩　满目沧桑
不要怀疑　不要悲伤
因为今天　你就是待嫁的新娘

一路艰辛成长　不可能没有创伤
只是在今天
似乎应该忘记痛痒
让微笑坚强　不要擦掉浓妆

谁让原本的你改变了模样
谁让如今的你找不到新郎
谁还会讨论出生的权利
孩子　此时的存在早已大于任何理想

穿山过水　御风而翔
敞开的心胸任你徜徉
天啊　尽管你让大地无风而远
此刻　她就成为你赤裸的新娘

2017年12月14日

11.怀念过去的"六一"

"六一"　这个节日已经太老
老到普天同庆
一个人创造　一个人怀念
一群人议论

青葱永远长在地上
望着天　有梦
一想　就是一辈子

地上的落叶颜色斑驳
孩子挑剔着拾起时
哪里来的笑语　让时光
回到从前

撩起过衣裙的风
在转角停留
满树的凤凰花正在盛开
蓝天下有多少双眼睛一起张望

"六一"的天空
过着似乎一样的日子　是
自己的

2018年6月1日

12.七月·凌晨
——写给2018年世界杯

穿过足球的间隙
一起奔跑
视线　呐喊　啤酒　空野

我们不在俄罗斯
信号可有可无
画面可动可停

习惯了的麻木
比习惯的冲动更可怕
中国足球　悲哀了多少代人

在没有雕像的日子里
人们一再调整步伐
踏步　可恶的足球滚滚而来

天在下雨　打湿了谁的心
谁家夜里一直说三十度高温

第八篇　特殊记忆

电视机可以不用风扇
我不知该睡下还是醒着
任空旷里的热浪飞过天际

那么可有可无
那么肆无忌惮

2018年7月4日

13.八一无题

如果今天我要落泪
真的不知道该为这个时代
还是为曾经的过去
哪怕　"八一"是个曾经流血牺牲的日子

血性　曾几何时流尽
奴性　如何的培养
娘炮　成了谁的偶像

谁　还拿得起五尺钢枪
谁　还扛得起国家
谁　被砸坏了脊梁

男人　你有什么资格称为男人
女人　你在培养什么样的未来
社会　谁是谁的偶像

农民可以不种地
流氓有了文化
戏子说唱历史
阴阳没有界限

眼泪应该不会再有
看你
都不知道该用雌性还是雄性的眼光
如同
不知白天与黑夜

这天　只有雨
打湿了所有的季节

2018年8月1日

14.狂
——记《决胜千里》出版

今夜应该狂欢
哪怕在风里雨里
哪怕在海里
哪怕拍在厦大的沙滩上

为一本书庆生
你不了解阵痛
你就没有放醉的权利
今夜　天降甘露赋琼浆

隔着几个时空
我们一起感谢那些真诚的付出
今夜　人不悲天泣
回首的路　不能说的太多

面向大海
真的不知道我们是该博大还是渺小
千里已在千里之外
我们有理由相信自己
包括朋友　包括我们引以为豪的技术

今夜无酒　一样的狂欢　需要醉的
不是你我的身体　是情感

2018年8月30日

15.致《公路景观建筑学》

我站在你出生的边缘
浇水　施肥　守护　盼望
想象着你像清晨的太阳一样
把大地照亮

所有的奔跑都有影子跟随
我的想象有自己的翅膀
当你振翅飞翔的时候
我依旧奔跑在路上

如果说出生代表舍弃
那么就舍弃吧
如几十年的孕育
如所有灯下挥汗的时光

如果说成长的过程就是血脉的延伸
那么无论过去与将来
你与我　都不可分离
哪怕　你不再是你

风筝要飞起来时不会在乎季节
只要有风　就可以上天
我手里那条线　是不是会无关紧要
因为有云　有雨

那晚清凉时
谁一身的戎装站在门口
如此闲暇
一杯茶　香气沁心入脾

2019年8月5日

第八篇　特殊记忆

16.我爱你中国
——交通人祝贺祖国70周岁生日快乐

我爱你中国
在你70岁生日的日子里
我用自己的方式为你庆祝
开一路花
唱一路歌
回首一路风尘
铺开一条条坦途

我是你成长路边的小草
看你博大精深
波澜壮阔
我是你长城边上的泥土
看你沧桑巍峨
助你红装素裹

我成长在你的怀抱
脚踩你的大地
畅饮你的长河
我生存在你的空间啊　中国
从每一个音符到每一个脚步
从澎湃的血脉到虚无的毛发
都是你的成果

当我执着地学习
你打开了高校的大门
当我踉跄着起航
你给了我改革开放的春天
沿着一条无法走尽的路
我　我们一起出发
高速　大道

秋天的金黄是时间的回报
我们用了三十多年的汗水来回报祖国
看这一条条高速通衢大道
正把发展的脉搏助力
一桥飞架南北　一路通达四方
在这个时刻　我们筑路人
就是祖国的铺路石

彩旗飘扬着岁月　红旗舞动九州
当我们在为祖国庆祝生日的时候
当我们看到祖国强大的时候
当我们为祖国激动而落泪的时候
我们为自己的身份自豪
我们为自己的经历自豪
我们为自己的今天而庆幸

第八篇　特殊记忆

红色的旋律不可阻挡
从唐古拉山到黑龙江
从生来到离去
每一粒尘埃　每一滴水
每一个眼神　每一个思绪
都是祖国　母亲
我们永不可分舍
过去70年　一条河
未来多少年　还是一条河
河边上有一个我
搭桥　铺路
陪母亲一起度过

2019年10月1日

第九篇

传　　说
——组诗集

1.四季之歌

缘起

多少回首
只是记忆中的呢喃
任春花秋月
凭空染花了满头的思绪

春

雷声呐喊中
闪亮了一路历程
所有的时光
只为等待那刻破土的涌动

小小屋檐下
堆积着所有的童话
袅袅炊烟中
一声声呼唤盖过所有黄昏的绚烂

脚下的嫩绿早已忘却
摇摇摆摆的目标
只锁定在一朵朵花色的贪婪
站在大地上
做着白云似的梦

家的窗子太小了
小到容不下青春的心
那一刻
狠心地背对着父母的离别泪
结束所有的春天

夏

我来了　这个世界
从小小的草地上开出的蓓蕾
从大海里荡出的浮萍
举着理想中的一把小小破伞来了
想着　如何撑起自己的一片天空

一场场的大雨肯定不仅仅淹没了哭声
所以在每个天晴的日子
树还在发芽
花仍将绽放

走过座座独木桥
还是阴雨天
活过来才知道棺材底下的叹息
有多少隐忍

凉爽的夜里　星空正多情
在所有真实的遥远中
风
正一阵阵吹醒了梦境

秋

芦苇花的背面写着秋的字样
不小心被行走的阳光看到
从此
心情就一下跌进深深的水中

山还是那座山
只是换了颜色
镜子还是那面镜子
为何不见了昨天的激情

走过的乡村
站立的城市
怎样才能找到
自己的位子

大雁飞过的日子里
是否还有一种心情
如天那样蓝
如大地一样真实

冬

心　走过了那个季节
已没有什么可以冰冷的了
还是和着
窗外瑟瑟的枯枝一起抖动

也许白色里的纯度只有你才能读懂
看到红梅
听着鸟鸣
想着　这一路上可笑的故事

拐杖并不代表意志
有一种心思　总要人搀扶
正如炉火
想暖透这一层层的冬天

无论是酒是茶　此刻
饮的只是心情
听　远远走来的雷声

2008年5月28日

2.月满西楼

【一剪梅】宋·李清照

红藕香残玉簟秋,轻解罗裳,独上兰舟。云中谁寄锦书来?雁字回时,月满西楼。 花自飘零水自流。一种相思,两处闲愁。此情无计可消除,才下眉头,却上心头。

(1)

神奇的传说
神秘的想象
画意的思绪
淡淡的情殇

不信地久天长
唯念曾经拥有
情缘 有时
只是一段简单的过程

当思念成为唯一时
色彩都黑暗
心思
只会从目光里搜索茫然

观风云
都似夕烟

（2）

青草沿着成长的轨迹爬上膝头
情思便疯长成迷离的眼神
你为谁种下
终生的花朵

一条船从不是自己的江湖
身影
已铺过水泽　任
风摇水摆　月拢星绕

一个晴天里向着太阳靠拢
灼伤的
永远都是心痛

（3）

当剑与笔可以对等的时候
西楼茅屋
变成永远诚实的唯一

第九篇　传说

飞翔 乔翔诗词精选

心灵如纸吗
匆匆写就一生
更长远的
是时间里灵感的不断闪光

月满的时节
风正柔
墨正饱
西楼独影舞自然
何处堪怜

2006年7月18日

3.沙漠情思

奔月——*沙漠月夜*

是谁惊醒了荒芜
让思绪飘到天空
这满山浮动的沙啊
哪个才是主题

因为一个渴望
流沙下曾埋没多少故事
今天与我
一起堆筑成漫长的茫然

不就是一种心情吗
今夜
隔着这沙　看你的轻盈
却不知　如何拔起深陷的双脚

少女——*题月牙泉侧沙山*

真的不敢前行了
生怕不小心成为犯罪
在水的一岸　你的赤裸变成我的诱惑

也不敢想　昨夜那疯狂
如何成为这洁柔的深沉
静静的你　任我满身尘色的旁观

好在还有树　有水可以相伴
止步于前
在我转身踏上离别的行程时
悄悄地
把你变成想象的冲动

旅途——沙漠之旅

为你　老去了许多时间
为我　只有行程没有终点
我的沙漠啊　为何一路相伴

曾有得失　都退化成记忆
被风起的　一样也被沙砸落了
如回首足迹里　看不到的昨天

如何感谢这沙漠之舟作为伴侣
在深深地凝望后
一样是无言的启程

伫立——题一枯树立于沙漠之中

驻足　让我感受这无边遐想
那张许久前的画
却在这一刻　埋没所有渴望

因为寻找才能成为相遇
相知的感觉
让我伫立　伫立成你的生命
彼此相互拥有

此刻　不需要言语
从生命意识到最终归宿
树啊　我怎么拥有和你一样的心情

　　　　　　　　　2007年7月17日

第九篇　传说

4.秋思碎语

夜

夜　不睡也可以度过
就我和你　相望

每个星光也许都是你的眼睛
我　怎样捕捉那唯一的真诚
让你看着我
散漫地　与风相拥

闭上的眼
无声　再无声

秋天

用一片叶子压着我
秋天　我好累

我知道天高云淡
秋高气爽　遍地金黄

可我如何能够翻转身躯
与你拥有　同样的心情

秋风
从凉到冷　很冷

四季

麻木　从目光走进了思想
看着反复的时间

再一个反复
除了年轮　别无变化

我的衣服也会随时变换
心　却一直坚守

春天
应该有一个永恒的国度

2006年8月25日

5.小夜曲

月

今夜　你那么近
近到了树梢的上面
圆圆的白白的脸　笑着
把月光洒满我的院子
也因此　屏蔽了世俗

随手掬起一捧清晖　暖暖的
洒向怀中　向深处渗透
心　也就成了透明色

身后的影子　你别再闹了
且等我侧过身
与你一同玩耍

顽皮的月光啊
今夜　别再次
掀开我的窗帘

风

26度　二三级
刚好

可以阻止忙碌的脚步
今夜
我就甘愿做你的俘虏

你一定是走过了很多的路
不然哪有这花香
不然哪有这泥土味道
而我　只能以一身世俗的味道与你相拥

我知道你不会为我停留
你是越过黄昏而来的
那么　可否告诉我
在夜的另一面
有个人正和我一样的站立

花园

今天你已洗过澡了
所以　就连这一身的睡衣也清新
每一个姿势的影子
都搅起无边的幻想

金银花正伸长脖子等待开放的季节
小小的太阳花已最早睡去
嘘　红色　黄色的龙船花不要吵
看　孤独的蜘蛛兰正把头悄悄探到外面

某个地方的叶子上一定有虫子
听　有叶子正在沙沙地低泣
身后　蛙声四起

第九篇　传说

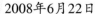
2008年6月22日

6.相遇

相遇是一种缘,相遇是一份情,相遇是说不清的思念。相遇,只是流动的云!

引子

这个深秋　似乎一切皆已老去
唯书架上那一页回忆
还泛着青春的光泽

多年的风雨　让思想也曾褪色
文字　在成熟的轨道上停驻
听凭一阵淡淡的情　从书页溢满心房

一杯酒已被时间冲淡
一支烟点燃时
晚霞正悄悄映染天地

五百年前,佛说有缘

山顶的石头
被搬到殿前
那只轻抚的彩袖
为何不见容颜

听你诉说三生
伴你醉月花前
只是无言

宫墙老去久
只有心不眠
佛说　有缘

都是红尘客，相遇不相见

风拂池边柳
月照水中莲
空有柔情似涟漪
终是彼岸

水中清高芳自赏
岸边独舞戏春蝉
一片混浊地
漫说无情天

叶纷飞　蓬枝残
水做泪雨时光远
遇是不遇　缘

马踏飞花都似梦，征尘不扫是自然

驿道远　山花香
只因相思
为你　烂漫了一生

你来　你去　你不回首

第九篇　传说

皆有花香
伴你

你来　或不来
这飞舞的花啊
只为你精彩

为你
我从红尘中幻生
随你　这一世
再入红尘

珍惜，缘分

哥哥　你长大后会娶我吗
傻妹子　我们是兄妹　怎么会
泪　把缘分冲淡了几百年

哥　保重
妹　保重
留下一个梦幻的童年

三生石上
泪痕斑驳

佛说　无缘即是有缘

2011年11月2日

7.你说，我听

（1）

你说　我听
上下级明确
连最低级的动物都知道的规矩

（2）

你说　我听
不能有异声
你当和尚
我只好当菩萨

（3）

你说　我听
世界隔着玻璃
我与你
隔着几个世界

（4）

你说　我听
雨不同
谁的屋会漏
天会明

（5）

你说　我可以不听
只要敢闭眼你就不存在
雷声雨声
不如自己的屁声

（6）

你说　谁听
时间都会麻木
楼兰已是古城
草木依旧繁荣

2018年7月26日

第十篇

古诗词新编
——古体诗词习作

1.南乡子·四月
——时为《决胜千里》校稿期

月没星天，一曲新歌意境旋。
四更不眠灯照壁，无言，厚纸单衾念巨篇。

曙露阶前，雨打芭蕉路正闲。
为赏绿颜晨起早，人闲，流水观云暗扣栏。

2018年4月15日

2.春光好·路
——出差工地路途所感

青山近，路途延，跨区间。
莫道新春花色瘦，舞翩跹。

大道不平常事，精心设计神安。
回首漫漫情寄处，已无言。

2018年4月18日

3.行香子·温润八方

星季之光,烁烁芒芒。
凭栏久、渐亮渐茫。
阴晴何物,偶阻星床。
谓东方明,南方水,北方凉。

上行若水,集星成愿。
伴日出、温润八方。
万灵并育,四季芬芳。
论冬天短,春天暖,夏天长。

2018年4月20日

4.如梦令·谷雨

春花依旧艳红,和风谷雨匆匆。
一路筑同梦,奈何泪目盈盈。
风轻,风轻,且把过去融融。

2018年4月21日

5. 行香子·祭思

月上山岗,雁过南方,祭兄长、呜咽沧桑。
少时聚住,同课同窗。竟别无声,叹无力,忆无疆。

淡彩夕阳,暮色苍茫。怎回眸、高地家乡。
岂凭年岁,左右思想。任秋风急,日风热,夜风凉。

2018年4月23日

6. 西江月·九月
——出差工地路途所感

空中月氲蒙蒙,天行健日匆匆。
千里之外万里行,夜不语思无径。

立马梅关古道,扬帆南海波中。
多少那刻旧曾经,雕刻岁月如梦。

2018年9月1日

7.记新阳高速公路通车

走马通南粤,八方四季行,
萧萧平战事,忽送报捷声。
云起浮世绘,阳出大江平,
茂荫无名士,湛湛海江清。

2018年9月26日

8.江城子·高速公路
——记2018年底广东省南粤交通投资建设有限公司
通车534公里

十一月去入初冬,叶还青,路未通。
烟起云生,高速隐真形。欲觅乘风归去处,山叠嶂,水纵横。

一八年底获出生,戴粤名,怯生生。
山重水复,千里任驰骋。且待群山通大道,东方亮,太阳升。

2018年12月3日

9.西江月·怀阳高速公路工地

青柳红装嫩叶,小花细水长江。
似闻他处蜡梅香,落雪依依模样。

驰骋踏平岁月,挥刀决胜沙场。
不识当日少年郎,一路风光直上。

2018年12月26日

10.夜宿龙门
——记新博高速公路交工验收

一片城池三面山,银龙出水戏田园。
今夜灯火阑珊处,谁为蓝图又不眠。

2018年12月26日

11. 浪淘沙令·1819

山外路蒙蒙,春意渐浓。
一八步履载重情。且说无谓多少事,再附妆容。

一九自相逢,寂寞欢声。
寒潮入粤树凝冰。滚滚车轮终向道,万里鹏程。

2018年12月31日

12. 春晓曲·路

初春早露晨江雾。泊船湾,凝水住。
踏行山间梦初心,大道通衢情满路。

2019年1月19日

13.天净沙·正月行

——记正月出差工地中

初春嫩叶南风,老车微雨山青。
正月军旗攒动。工程倥偬,横跨多少时空。

2019年2月20日

14.庆宣和·兼贺南沙大桥通车

四月天青雨似无,影淡山疏。
浩渺珠江变通途。跨度,跨度!

2019年4月4日

15.江城子·三月雨

雨打窗细细茫茫,桂花黄,蜜蜂忙。
念来春晚,昨夜更风狂。
野草入田山寂寂,平水阔,小村庄。

醉酒心落落惶惶,淡茶香,过时凉。
谁戏迷雾,无意透衣裳。
半掩史书思默默,诗意浅,画风长。

2019年4月22日

16.雨天过虎门二桥随笔

一江潮平,二桥高行。
无天无地细雨中,碾碎多少心情。

昨天西去,今日东行。
谁把江湖泡酒中,且饮且醉且醒。

2019年5月9日

注:"虎门二桥"即现在的"南沙大桥",早前按项目名称统称为"虎门二桥"。

17. 喜春来·五月天

艳花嫩柳流溪畔,炊雾平停夏半眠。
雨霏霏,风寂寂,水涟涟。五月天,生命正当年。

2019年5月26日

18. 调寄临江仙·书里芒种
——记校改《"南粤品质工程"理念与实践系列丛书》

芒种时节阅文卷,夏风雨夜微凉。
修改增减俱匆忙。本无日月,案上度时光。

何时忘却旧行迹,任性放马东冈。
或骑或走似一样。大梦春夏,百艳竞芬芳。

2019年6月7日

19.凭阑人·改邵享贞词

谁写江天春与秋,
妆点南国一小楼。
楼中享自由,
粤园无尽头。

2019年6月8日

20.行香子·题仁新高速公路管理中心水塘

夏满横塘,水映天妆。隐山色、偶现红墙。
寂寂漫道,曲曲环廊。可一步缓,一步慢,一步方。

小景随意,处处芬芳。不同处、暗暗异香。
过花丛地,向果林旁。正李儿红,桃儿绿,杏儿黄。

2019年6月12日

21. 调寄踏歌行 · 夏至

夏至极阳日，阴柔一缕升。
白云换彩霞，北斗定位明。
花下酒色红，今夜与谁同。

2019年6月23日

22. 临江仙 · 假期

夏末秋初日照暖，小楼窄巷花满。
不觉云起细雨绵，且看晶亮处，红绿各自然。

小栖收心天下间，养目自度深浅。
无念利禄入田园，是夜有酒，谁与话从前。

2019年8月6日

23.如梦令·清秋

秋月秋风秋梦,碧水长天山影。
得暇且回思,淡过一池烟笼。
情重,情重。醉过记忆还痛。

2019年9月21日

24.渔歌子·凌霄

秋上凌霄映天红,细叶更胜五月中。
独自舞,笑微风。曲径芳亭赏蜜蜂。

2019年9月22日

25.长相思·己亥重阳

江畔松,雨后风。
时到重阳念旧同,空思数万重。

交通情,南粤行。
多少年来驻穗城,谁是故里名。

2019年10月6日

26.江城子·记通明海大桥

金秋十月车纵横,响雷声,海通明。
飞架一桥,山岛任驰骋。
闲看远帆融画面,添白鹭,闹不停。

高速路上印芳踪,步履同,众人行。
大道南粤,天下永为公。
莫问今朝不了事,潮漫涨,陆海平。

2019年10月12日

第十一篇

关于现代诗的写作感悟

现代人写现代诗，越来越多的人写，越写越没有界限与章法，关于诗、现代诗的说法很多。关于现代诗写作，本人有一点感悟，不敢说正确，但也是一种思路，在这里与大家分享。同时，本人的写作是争取按此感悟来写的，读此对理解本人的诗也会有帮助。文中部分诗的解读内容有参考网络资料，在此致谢。

一、现代诗的古代土壤

诗是什么？怎么来写？这些问题似乎永不会有标准答案，不仅因人而异，更因时代的变迁而无定律。我个人认为，诗区别于普通文章，主要在于它是用更少的语言表达更深远的内涵。这种表达方式同时也产生了另外的美，通过美的衬托，把诗的内涵延伸得更远。如果认为现代诗是把一句普通的话分成几行就行了，或是把一段话的几句分成单行就行了。我认为这样是不可取的，充其量也只能做到一个简单的断句功能，根本无法实现写诗的目的。如果诗只流于一种形式上的东西，是任何人都可以做到的，写诗自然就没有任何意义。

先不提西方文化的影响，从国内说起，可以说现代诗是从古典诗词里脱胎出来的。这不仅是社会文化发展的必然，也是人类思想进化所导致的必然结果。自由似乎是每个人都在努力追求的，但自由本身就是一种放纵，没有统一尺度，自由努力的结果就形成了从《诗经》时代一词多义的古板格调一路走向现在的全面开放。先看《诗经》中的经典之作《关雎》。

关　雎

关关雎鸠，在河之洲。窈窕淑女，君子好逑。
参差荇菜，左右流之。窈窕淑女，寤寐求之。
求之不得，寤寐思服。悠哉悠哉，辗转反侧。
参差荇菜，左右采之。窈窕淑女，琴瑟友之。
参差荇菜，左右芼之。窈窕淑女，钟鼓乐之。

在古代，文字的多义性使得诗的想象空间更为丰富，比如上文中的"逑"字和"友"字等。在这种古诗中，成功之处在于思维上的跳跃。这种简单的跳跃正是一般文章无法比拟的，也省去了大段文字叙事交代，实现了直接转合。如"关关雎鸠，在河之洲。窈窕淑女，君子好逑。"简单的四句话，每句都表现出不同的事物，却能拼凑到一起。能拼到一起的，不是作者连的文字串，而是读者的思想。

从某种意义上讲，诗歌一直发展到唐代才成为真正的诗，才有了更清楚的定义，也有了对诗的规范性定性与评价，也才创造出了一批千古流传的佳句。

登鹳雀楼

白日依山尽，
黄河入海流。
欲穷千里目，
更上一层楼。

（鹳雀楼：旧址在山西省永济市，楼高三层，前对中条山，下临黄河。传说常有鹳雀在此停留，故有此名。）

王之涣的这首《登鹳雀楼》前两句写所见。"白日依山尽"写远景，写山。诗人站在鹳雀楼上向西眺望，只见云海苍茫，山色空蒙。由于云遮雾绕，太阳挨着山峰西沉。"黄河入海流"写近景，写水。鹳雀楼下滔滔的黄河奔流入海。这两句不仅画面壮丽，气势宏大，读后更令人振奋。而其成功之处更在于用了"白"与"黄"两字，明是写景，其实是有"理"内含其中。诗中的"白"与常人用的"红"极为不同，说明作者对世事的一种认知态度，本"红"而"白"，皆因世事红尘而致；至于"黄"，固然是因临黄河，而谁又能知道作者不是借此一字表现世事沧桑、非清而浊之意。接下来，"欲穷千里目"写诗人一种向上的探求愿望，还想看得更远，看到目力所能达到的尽头。要做到这一点的唯一办法就是要站得更高些，即"更上一层楼"。"千里"和"一层"，都是虚数，是诗人想象中纵横的空间。"欲穷"与"更上"中又包含了多少希望，多少憧憬。这两句诗，是千古传诵的名句，形象地道出了一个哲理：登高，才能望远；望远，必须登高。

这首诗由十分工整的对仗句组成。前两句"白日"和"黄河"两个名词相对，"白"与"黄"两个色彩相对，"依"与"入"两个动词相对。后两句也如此，构成了形式上的完美。全诗以景写理，景理表现得都十分成功，把道理与景物、情事融合得天衣无缝，使读者并不觉得它在说理，却又能体会到理自在其中。这是根据诗歌特点，运用形象思维来显示生活哲理的典范。

从这首诗中，我们看到了比诗所描绘的更多的意境。无论字里行间还是全文表达，再看不到《诗经》里的生涩与多义，却看到了由诗所表达出的超过文字本身的那景那情那理。如果说唐诗成功，这首诗应当是一个典范。

如果非要找出唐诗中的不足，那就是在唐诗中更多体现的是诗人自我的情感流露，表达相对比较直白，写作目标主要流于文字功底的铺垫与精准，注重平仄格律与用词，过多追求文体美，其中一些诗很难找到文字背后的思想。

宋人发现了唐诗中的众多不适之处，进而改进，把严谨的文字格律统一推向更为实用的长短句，创作出了大批佳作。但因吟诵与曲调的限制，仍难跳出平仄的束缚，大多落入仅有的一些曲调，形成固定的宋词风格，有创新，却不多。

在流传下来的宋词中，也大多都只是在字词表达上下功夫，而能注重深远诗意的作品为数不多。不过，其在写作上的明暗借喻以及用词还是值得现代诗写作学习的。

定 风 波

三月七日，沙湖道中遇雨。雨具先去，同行皆狼狈，余独不觉。已而遂晴，故作此词。

莫听穿林打叶声，何妨吟啸且徐行。竹杖芒鞋轻胜马，谁怕？一蓑烟雨任平生。　料峭春风吹酒醒，微冷，山头斜照却相迎。回首向来萧瑟处，归去，也无风雨也无晴。

这首词是苏轼被贬黄州时期所作,写词人途中遇大雨乃吟啸徐行的经历和感受。词中"穿林打叶"形容风雨急骤,"吟啸""徐行"表态度从容,"竹杖芒鞋"指条件简陋,"莫听""何妨""谁怕"则体现倔强豁达的风度,宛然在目。下阕转入雨后,经风雨洗礼,人醒、雨霁、天晴、日出。回首往事,一切阴晴、风雨,无不消逝一空。自然中有急雨扑面,人生旅途中也有风雷盖顶,只要沉着履险,从容应变,岂有闯不过的风浪?"一蓑烟雨任平生",何等乐观自信、飘逸旷达的人生态度!深邃的人生哲理,寓于平常生活小景描写之中,弦外之音令人回味无尽。但究其深处,在这样一篇很完美的作品中,全诗也只有两阕的最后一句才给人以想的空间,其他均以直白的方式来表达,似乎总有意犹未尽的感觉。这不是作者的水平有限,而是因词的格式造成的。

至于元曲,则是选择曲以配词,以更通俗的方式表白,诗意渐淡,也很难从中发现深远意境。明清时代则以更直接的小说文章为主,诗词新处无多。

二、现代诗的发展

在明清时期,中国诗词的发展几乎处于停滞状态,但诗人们对诗的探求与写作并没有停止。由于外来科学文化的影响,国人开始学习与吸收"实用"的东西,其中在诗词方面所受冲击很大,逐渐形成了各种不同的学术流派,为现代诗的发展奠定了基础。

有人把现代诗称为自由诗,这是因为现代诗在写作与表达形式上摒弃了所有古诗的字、韵、格等要求,打破了传承几千年的条条框框,没有古诗词的节奏与韵律限制,用更直接的白话式文体表达作者的感受,写作条件有所降低,作者与读者的范围却因此而扩大。

正因为这种放弃了所有约束的诗谁都可以写,谁都以为自己写出来的就是诗,以致形成在现代诗领域鲜有精品的局面。这种局面的产生,一是因为对诗没有确切的评价标准;二是现代人都太自以为是,即所谓的"文人相轻",即使别人的真好,也难得说出一

个好字,而自己的再差,也决不说一个差字;三是大家都只知道写诗,很少静下心下读别人的诗,自然也就很难发现精品。

随着改革开放的发展,人们在思想上受到了前所未有的冲击,在微观经济以自我为中心的思想冲击下,文学写作方面也表现出更严重的自我意识。这种意识表现为"想我所想,写我所写"。特别是网络的发展,不仅为交流提供了良好的平台,而且也为自我展示提供了舞台,现代诗开始变得真的成了"自由诗"。

现代诗的写作是不是就真的那么"自由"了?可以说形式上是自由的,内容上是自由的,但诗之所以被称为诗,就应该有它与其他文体的不同之处。这些不同,就包括诗应该有诗的意境,有诗的语言,有诗的表现形式等。

在现代诗的写作中,我们放弃了古体诗的条框就是想追求更好的表达,而表达的方式除了注重诗的结构、段落、形式之外,还有各种修辞方式,最终由形象思维创造想象空间,形成诗的语言,构成诗的意境,完成诗的表达。这种特有思维方式是诗与其他文体的最大不同之处。

现代诗的写作方法没有定式,只有感觉。这种感觉是作者为读者创造的,也是作者首先应该拥有的。这种感觉应该分为四个方面:一是激情,也可以称之为冲动的想法,那就是想写诗;二是要有思想,就是有想要表达的主题、哲理或情感;三是用心、用真情写作;四是写作与表达的能力。

至于品评标准,目前现代诗还没有,不仅没有标准,而且也没有明确的发展方向。可以说,诗的世界也就是人的世界,有什么样的人就会有什么样的诗。"存在即有理由"也有一定道理吧。这里我不想过多说不喜欢的东西,但总是希望诗能符合时代的审美方向,能适应文学的发展,能利用其特有的形式,创造出深刻的内涵与舒美的享受。

我觉得,唐代司空图的《二十四诗品》是可以借鉴的。二十四诗品中没有对诗的格调韵律提出具体要求,重点是对诗的整体感觉的分析,涉及作者的思想修养和写作手法。个人认为现代诗可以借鉴这一方法,从表达上入手进行分析。现把《二十四诗品》大纲抄录于此，供大家参考。

司空图把诗歌的艺术风格和意境分为雄浑、冲淡、纤秾、沉着、高古、典雅、洗练、劲健、绮丽、自然、含蓄、豪放、精神、缜密、疏野、清奇、委曲、实境、悲慨、形容、超诣、飘逸、旷达、流动等24品类，每品用12句四言韵语加以描述。与钟嵘《诗品》以品评作家作品源流等的内容不同。《二十四诗品》收于《全唐诗》，对后世影响深远。

三、诗的立意

立意，简单地讲就是中心思想，即诗所要表达的主题思想或情感，或者是作者要表达的一种哲理。这一点与写文章类似，但却不尽相同，因为文章的立意基本上是明确的，而诗的立意表达往往是含蓄的，给读者的感觉是要读者自己去体会、去延伸的。

诗的立意说起来很容易，但表达起来却不容易到位，因为文章中的立意可以是明确的，也可以是隐含的，但诗的立意往往是不便说明的，只能让读者体会，如果表达不到位，读者就可能会理解错误或有偏差，从而使诗失去主旨。

在诗的立意表达上，最怕的就是"下笔千言、离题万里"。诗是要读者用思想来读的，作者控制不住思想，那就让读者摸不到边了。比如，要表达山峰，那就要写山峰的高低、形状、神态，还可用沟壑、白云等作为衬托，却不能一心去写小溪的清润；如果要歌颂大海，那就要多写海的宽广、深邃，也可以加上波涛、浪花、海天一色等，却不能过分地渲染船。总之，诗是要围着立意来写的，写作的目的是为立意服务。

为达到实现立意的目的，就要注意安排好诗的结构、表达方式，所要用的各种修辞手法，形象思维的表现形式等。同时，也不能放任地写，否则写完后就会发现，想写的与写出来的差别很大。

立意大致可分为积极、中和、消极三类。而在这三类中，几乎所有表达理想、上进、美好愿望、哲理的诗都可归为积极的，而表达情感类及表现以自我为中心的诗可归为中和的，那些不合时代潮流、低级趣味和消极的诗可以归为消极的。

有人认为，诗不能用道德观念来品评。我想在这里说明一下，诗的审美观具有时代性，而审美的基础离不开道德，能抛开道德，是不是也能抛开法律？在规范生存的时代，守规矩是应该的，却不一定是每个人都能做到。我们应倡导遵守规范。比如一个杀人犯，杀人手法再高明，也不能成为歌颂的对象。

诗的立意几乎决定着诗的成败，立意错了，形式再好也只会让人觉得无意义。比如苏轼的"一树梨花压海棠"等句，总难登大雅之堂。而一首立意很好的诗却能流传很久，如唐代诗人贾岛的"十年磨一剑，霜刃未曾试。今日把示君，谁有不平事。"短短二十字，完全展示出了剑客的冲天豪气。宋代女词人李清照的"生当作人杰，死亦为鬼雄。至今思项羽，不肯过江东。"全面表达了作者所追求的人格。岳飞的《满江红》也能充分表达他的抱负。

满　江　红

怒发冲冠，凭栏处、潇潇雨歇。抬望眼、仰天长啸，壮怀激烈。三十功名尘与土，八千里路云和月。莫等闲、白了少年头，空悲切！　靖康耻，犹未雪；臣子恨，何时灭？驾长车，踏破贺兰山缺。壮志饥餐胡虏肉，笑谈渴饮匈奴血。待从头、收拾旧山河，朝天阙。

类似的古典诗句很多。直到近现代，毛泽东的诗可以说是豪放大气的一种，其中《沁园春·雪》可以作为代表。

沁园春·雪

北国风光，千里冰封，万里雪飘。望长城内外，惟余莽莽；大河上下，顿失滔滔。山舞银蛇，原驰蜡象，欲与天公试比高。须晴日，看红装素裹，分外妖娆。

江山如此多娇，引无数英雄竞折腰。惜秦皇汉武，略输文采；唐宗宋祖，稍逊风骚。一代天骄，成吉思汗，只识弯弓射大雕。俱往矣，数风流人物，还看今朝。

1945年8月28日，毛泽东从延安飞重庆，同国民党进行了43天的谈判。其间柳亚子屡有诗赠毛。10月7日，毛书《沁园春·雪》回赠。随即此词发表在重庆《新民报》副刊《西方夜谭》上，轰动一时。

现代诗里，余光中先生的《乡愁》可作为典范的上等作品。

乡　愁

小时候
乡愁是一枚小小的邮票
我在这头
母亲在那头

长大后
乡愁是一张窄窄的船票
我在这头
新娘在那头

后来啊
乡愁是一方矮矮的坟墓
我在外头
母亲在里头

而现在
乡愁是一湾浅浅的海峡
我在这头
大陆在那头

这首诗采用递进的写法，用平实的语言紧紧抓住读者的心，使读者的思绪随着文字展开。从展开的一幅幅画面上，我们了解了大

生不同阶段的不同乡愁。

至于中和类的，主要是指表达一定的情感，但不会对他人造成影响的诗类作品。现在这样的诗在网上也很多。在古诗词里这类的作品也居多。以至于有人说"诗人都是疯子"或"无病呻吟"等。但无论怎么说，诗人还是诗人，诗人会为诗活下去。

声 声 慢

寻寻觅觅，冷冷清清，凄凄惨惨戚戚。乍暖还寒时候，最难将息。三杯两盏淡酒，怎敌他、晚来风急？雁过也，正伤心，却是旧时相识。　　满地黄花堆积，憔悴损，如今有谁堪摘？守着窗儿，独自怎生得黑？梧桐更兼细雨，到黄昏、点点滴滴。这次第，怎一个愁字了得！

李清照的这首词，很好地表达了一个孤处的人的落寞情怀，是很成功的作品。不过，因只立意在自我之上，所以它再好也只能是孤家寡人的吟唱，读了它，只能更加伤感，却无法提起人们向上的斗志。

至于消极类作品，我这里还是不多说了。比如那些所谓的艳情词曲等，虽也流传，但在立意与方法上却远输于中和类诗词的品质，更无法与积极类作品相比。

四、诗意，现代诗的氛围

首先必须承认，诗是一种艺术形式，失去了艺术性，自然也就少了读者。古诗文要求严格的格律与韵律，主要是顺从人们所熟知的一种声韵美。现代诗的美，除了语言形式外，就是诗的意境（简称诗意）。这里的"意"不是指主旨与立意，而是指诗所创造出的一种氛围，或是给读者的想象空间里所表达的内涵。

如果把一首诗比喻成一幅画，那么在画中除了作者要表达的主题外，人们看到的是为实现这一主题而运用的色调、光线、形象的物体等。这些都是为体现主题而设的，与主题共同构成完整的画面，或可以说就是画的意境。

画面是有限的，而诗的意境是无限的。诗的意境不是一般的画面即可表达的。诗的影响力与作者的实力有关，更与读者的实力有关。当这种实力相当时，好的诗所传递的信息远远超过文字表面的东西。能够发挥这种作用的主要因素在于诗的意境。

在诗的意境里，我们要注重一种可称为"势"的东西，这种势是由诗意构成的。势是多样的，选择用什么样的势来表达，要结合诗的立意。而诗意的表达，则要围绕这种势来进行。一首诗，没有了这种势，就好像人没有了骨头。所以，诗意与势是不可分割的统一体。

我们应该强调，写诗要有意境。就像泰山之基，像浪涛下的海水，没有意境就没有了血肉，不会引导人的思绪，不能沟通读者的情感，不能引起共鸣，再好的诗句也只能成了干瘪的口号。

意境，是为体现主题而创造的氛围。主题有时只需一两句，而烘托意境的其他诗句除了铺垫、展开、衬托之外，还有的就是要起到为主题积蓄能力，供主题立于巅峰，让主题超出自然而弥远，给人启迪，给人以深思的作用。

回　　答

卑鄙是卑鄙者的通行证，
高尚是高尚者的墓志铭，
看吧，在那镀金的天空中，
飘满了死者弯曲的倒影。

冰川纪过去了，
为什么到处都是冰凌？
好望角发现了，
为什么死海里千帆相竞？

飞翔

乔翔诗词精选

我来到这个世界上，
只带着纸、绳索和身影，
为了在审判前，
宣读那些被判决的声音：

告诉你吧，世界
我——不——相——信！
纵使你脚下有一千名挑战者，
那就把我算作第一千零一名。

我不相信天是蓝的，
我不相信雷的回声，
我不相信梦是假的，
我不相信死无报应。

如果海洋注定要决堤，
就让所有的苦水都注入我心中，
如果陆地注定要上升，
就让人类重新选择生存的峰顶。

新的转机和闪闪星斗，
正在缀满没有遮拦的天空。
那是五千年的象形文字，
那是未来人们凝视的眼睛。

在北岛的这首诗中，我们看到作者采用了一气呵成的手法，从头到尾表现出来一种气势，从未手软。从现象写到本质，再升华到思想，最后表达了一种希望。诗中的语言几乎没有弱处，就像是打了一趟痛快的罗汉拳，与诗的主题有很好的映衬。

面朝大海，春暖花开

从明天起，做一个幸福的人
喂马，劈柴，周游世界
从明天起，关心粮食和蔬菜
我有一所房子，面朝大海，春暖花开

从明天起，和每一个亲人通信
告诉他们我的幸福
那幸福的闪电告诉我的
我将告诉每一个人

给每一条河每一座山取一个温暖的名字
陌生人，我也为你祝福
愿你有一个灿烂的前程
愿你有情人终成眷属
愿你在尘世获得幸福
我只愿面朝大海，春暖花开

这首诗是海子的诗中少见的语言温和的诗。即使这样，从字里行间我们仍能读出作者那凌厉的气势，这与诗意的表达是分不开的。我们从诗意上，看作者是如何实现"面朝大海，春暖花开"的。一开始，作者用"明天"的行动来构思，用行动来证实人的心理上实现了"面朝大海，春暖花开"。这种意境也是从头到尾贯通的，不掺杂任何杂质，读过后给人以春暖花开的心情，以及面朝大海的无边想象，一股春的盎然生机、一种向上的活力成为无形的力量。

珊　瑚

你再不用想我说话，
我的心早沉在海水底下；
你再不用向我叫唤：

因为我——我再不能回答！
除非你——除非你也来在
这珊瑚骨环绕的又一世界；
等海风定时的一刻清静，
你我来交互你我的幽叹。

徐志摩的这首《珊瑚》虽然短，却在这较少的诗句中表达出了不能说话的珊瑚的一种思想。这种思想是存在的，而珊瑚只是表面上的物质形式。实际上这些死去的珊瑚没有思想，而作者只是将珊瑚作为一个拥有思想事物的替身。这首诗的写作从一开始就表现了一种低沉、压抑的氛围，展示珊瑚无法展现自我的状况，以及无法展现的原因。最后作者表达出一种渴望。全诗没有多余的语言，却为诗的表达创造了很好的意境。可以说，前面的诗句既是说明也是基础，就是要营造出一种氛围。

五、现代诗的节奏与韵律

诗是一种艺术品，它的美表现在很多方面，其中节奏与韵律是不可缺少的。节奏是指重复。韵律在古典诗中除了声韵之外，还有音调。在古典诗词中，无论是固定的格律还是多变的词牌、曲牌，为了保证诗词能按一定的节奏与韵律来表达，让人以熟知的方式接受，因此在句式与音律方面都有了较严格的限制。

古典诗词的一般节奏就是律句的节奏。律句的节奏是以每两个音节（即两个字）作为一个节奏单位的。如果是三字句、五字句和七字句，则最后一个字单独成为一个节奏单位。具体如下：

三字句：平平/仄、仄仄/平、平仄/仄、仄平/平。

四字句：平平/仄仄、仄仄/平平。

五字句：仄仄/平平/仄、平平/仄仄/平、平平/平仄/仄、仄仄/仄平/平。

六字句：仄仄/平平/仄仄、平平/仄仄/平平。

七字句：平平/仄仄/平平/仄、仄仄/平平/仄仄/平、仄仄/平平/平仄/仄、平平/仄仄/仄平/平。

最具代表的是宋词，采用长短句，一首词中可以容二字、三字、五字、七字等句式，读起来抑扬顿挫，节奏与韵律感非常强。如柳永的《雨霖铃》。

雨 霖 铃

寒蝉凄切。对长亭晚，骤雨初歇。都门帐饮无绪，留恋处、兰舟催发。执手相看泪眼，竟无语凝噎。念去去、千里烟波，暮霭沉沉楚天阔。　　多情自古伤离别。更那堪、冷落清秋节！今宵酒醒何处？杨柳岸、晓风残月。此去经年，应是良辰好景虚设。便纵有、千种风情，更与何人说。

现代诗已打破了这种限制，它的节奏与韵律很难再从上述的句式中找到，是不是现代诗就没了节奏与韵律了呢？回答当然是否定的。现代诗一样存在着节奏与韵律，只是不再是简单的句式与声韵了，而是变得更加含蓄，更加广泛。

实际上，所谓的节奏就是重复。如果把一首诗比成一段音乐，那么现代诗的节奏就相当于音乐的节拍。当然这种节拍变化不会像音乐一样从头到尾基本不变，会根据需要而随时变化。因此，现代诗的节奏不仅是各自然段的变化，也体现在每句之间，甚至句中的不同词之间的变化。对于长诗来讲，这种节奏的变化就显得十分重要；而对于短诗，可能节奏就表现得不是十分明显。

至于韵律，在现代诗中很难再找到与古典诗相当的声韵表达方式。牺牲了声韵的现代诗在什么地方体现韵律呢？实际上，现代诗之所以抛弃那些声韵，是因为有更自由的表达。这种表达从不限字词的自由上换得了更深的内涵，而表达这种内涵的方式除了在篇幅上不再拘泥外，在字里行间变得更灵活。现代诗的韵律，就藏在这些灵活变化的句式之中，是一种内涵的思想变化方式。同样，如果把诗比成音乐，那么韵律则是那些起伏的音符。由音符构成一种旋律，而相对应的音符就是诗中的文字，旋律就是诗的立意，其中的变化就是韵律。

在不同的段落中，这种旋律可以是不一样的，但不能与主调相差太远，否则只能减弱诗的表现力。在前后相接的句子中，这种旋律的变化不能太大，这也同音乐一样，总不能一下就跨过几个八度。音乐是有声的，而诗的旋律变化则是作者或读者的思路的变化，虽然说诗境无穷，但总应该让人的思路跟得上才能理解，否则就变得很突兀，思路断线，再美的音乐自然也就只好停下。

一首诗可以是轻柔的《小夜曲》，也可以是充满杀伐的《十面埋伏》；可以是柔美的女中音，也可以是男高音；可以是变奏的交响乐，也可以是悠扬的独奏。选什么样的节奏韵律不仅与主题有关，也与具体的语言表达方式有关，当然这其中很关键的因素是诗的形象思维与语言表达功底。下面试分析几首诗。

天　问

水上的霞光呵
一条接一条，何以
都没入了暮色了呢？
地上的灯光呵
一盏接一盏，何以
都没入了夜色了呢？
天上的星光呵
一颗接一颗，何以
都没入了曙色了呢？
我们的生命呵
一天接一天，何以
都归于永恒了呢？
而当我走时呵
把我接走的，究竟
是怎样的天色呢？

是暮色吗，昏昏？
是夜色吗，沉沉？
是曙色吗，耿耿？

余光中先生的这首《天问》全诗没有分段，但却很自然地从中可以分成5个自然的台阶，从问霞光、灯光、星光一直到生命之光，形成了很自然的节奏。诗人在最后提出了疑问，没有回答，而实际上的答案已隐藏在上面的设问中，只不过需要读者自己来体会。就韵律来讲，从一开始作者就以疑问的方式抓住读者的思路，以霞光、灯光、星光、生命之光的反复询问，形成从明到暗、由近到远乃至无形的场景，最后提出生命之问，从而唱出全诗的最高音。现代诗的这种韵律的变化不仅在句式的选用方面，而且更在于每句背后所隐含的没说出的内容。

再别康桥

轻轻的我走了，
正如我轻轻的来；
我轻轻的招手，
作别西天的云彩。

那河畔的金柳，
是夕阳中的新娘；
波光里的艳影，
在我的心头荡漾。

软泥上的青荇，
油油的在水底招摇；
在康河的柔波里，
我甘心做一条水草！

那树荫下的一潭，
不是清泉，是天上虹；
揉碎在浮藻间，
沉淀着彩虹似的梦。

寻梦？撑一支长篙，
向青草更青处漫溯；
满载一船星辉，
在星辉斑斓里放歌。

但我不能放歌，
悄悄是别离的笙箫；
夏虫也为我沉默，
沉默是今晚的康桥！

悄悄的我走了，
正如我悄悄的来；
我挥一挥衣袖，
不带走一片云彩。

徐志摩的这首《再别康桥》可以说无论在节奏还是韵律上都是很成功的，读后的感觉就是一首轻柔的乐曲在回旋荡漾。节奏方面就不再说了，而在韵律上，我们几乎又看到如同古典诗词的声韵，但在读的时候，却能从语气的转换、停滞上得到更好的想象，在声韵的背面我们看到了更深的内涵。本诗从头到尾所展现的都是一种流畅，而这种流畅不是来自水草，而是来自作者开阔的心胸，更放开的想象后面却是必然放下后的一种淡淡的无奈。在诗中，作者充分展开了想象，比如水草、新娘、星辉等，正是因这些想象才为诗创造了特有的意境。而这些想象在表达上又是那么自然，一点也不生硬，这主要在于作者对这些想象进行了很好的转接。

日　记

姐姐，今夜我在德令哈，夜色笼罩
姐姐，我今夜只有戈壁

草原尽头我两手空空
悲痛时握不住一颗泪滴
姐姐，今夜我在德令哈
这是雨水中一座荒凉的城

除了那些路过的和居住的
德令哈……今夜
这是唯一的，最后的，抒情。
这是唯一的，最后的，草原。

我把石头还给石头
让胜利的胜利
今夜青稞只属于她自己
一切都在生长
今夜我只有美丽的戈壁　空空
姐姐，今夜我不关心人类，我只想你

在海子的这首诗中，再找不到那种轻柔的感觉。这虽是一首"爱情"诗，但在海子的笔下却写出了极度的黑暗与荒凉。这种黑暗与荒凉所衬托的是无奈的思绪。如果把诗与音乐等同，可以说海子是一个标准的男高音。读他的诗，要全音域演奏。在他的诗里，每一句之中、每两句之间都会存在着很多跳跃性思绪。这些跳跃就成了他作品的主要音调，从而形成他特有的风格。在他的诗中，断句是一种很好的表现形式，不仅形成一种语调上的变化，更在这种停滞中产生一种想象的空间，从而由读者的思想构成诗的主题。

短诗,重点是以事喻理或达情,以情理为重。如下之琳的《断章》:

断　　章

你站在桥上看风景,
看风景的人在楼上看你。

明月装饰了你的窗子,
你装饰了别人的梦。

六、现代诗中的形象思维

我们在这里不讨论哲学,但是写诗是要讲究想象空间的,所谓想象空间的产生就是因为有了形象思维。所以这里再谈一下形象与形象思维。

有人说,诗就是用形象表达具体,从某一角度也可以这么认为。具体对含蓄的表现力要远远逊于形象,对于意境的延伸也有明显的阻碍,所以说用形象思维写出来的诗会比用具体描述写出来的文章有更深的意义。

那么,具体与形象、抽象的区别是怎样的呢?一个例子可以说明。比如一棵树,具体是指树的大小、形状、色彩、果实、品种等,而形象则不直接点明上述的特点,是用其他的方法让人能在想象中产生如同上述效果的一种真实。也就是说,对树的大小形状不一定要说明多高多大,可通过与其他物体的比较来体现。在绘画中,一种简单的比喻就是:具体指的是画家画的就是树,而形象则是画家用色彩画出树的形状与轮廓,树具体是什么样就是画家给观众留下的想象空间了。对于抽象,可以说是剥掉了事物的外表,只剩下本质的东西。这种本质的东西之所以能够出现,则是因为作者仅仅需要用它来说明主旨,而不关心其外表。同样是画树,这时画家已不关心它是什么树、大小、形状、色彩等,而只需用简单的笔法勾勒出树的核心即可。在这个时候,只要它是树就行了。

从另一方面讲，具体就是细微，形象就是表观，抽象就是本质。这样，诗的写作就成为用具体的文字，表达形象的事物，展现抽象的意识的一种写作方式。在这种写作方式中，抽象的意识与具体的文字都是可以理解的，最难的是形象思维的拓展。实际上，这种形象的东西不仅和人的天生思维方式有关，更需要日积月累。只要平时注意，形象思维的养成是不难的。

在诗的形象思维里最为常用的是嫁接。嫁接，就是要凭作者的想象把实际中不可能发生的事与物连接在一起，从而为读者创造一种新奇，而这种新奇的后面就是"为什么要嫁接"的一种想象空间。比如"我站在时间的坐标上"一句，"我"是实在的，而"时间的坐标"是虚的，虚实结合的语句首先冲破了"我"的这一平淡概念，再用"时间坐标"说明一种延伸的意境，为诗的续句做好了转承的准备。在现实中，这种"站"法却很难找到，而在想象中它却是存在的。可见，嫁接也要讲究方法，不能乱接，接错了别人就无法理解。

第二种就是借代。借代在很多情况下是以实代虚，当然也有用虚代实的。如何使用，关键看作者的表达。比如，用沙漏代替时间，用天气代替心情，用玫瑰代替爱情等。如果进行简单的组合，就成诗句"在这个雨天／我孤执败落的玫瑰／任沙漏一粒粒流尽"。这只是本人在写诗时的发挥。如果是你写，可能会有更多的替代。总之，替代的表达也要在大家能接受的范围内，否则就不可理解了。

当然，在诗的写作中还有很多的形象思维方式，比如延伸、内涵等。当诗写到不同的程度，就会有不同的理解与认识。这里不再赘述，只是找几首形象思维较好的诗，供大家欣赏。

你 的 手

北方
拉着你的手
手
摘下手套
她们就是两盏小灯

飞翔
乔翔诗词精选

我的肩膀
是两座旧房子
容纳了那么多
甚至容纳过夜晚
你的手
在他上面
把他们照亮

于是有了别后的早上
在晨光中
我端起一碗粥
想起隔山隔水的
北方
有两盏灯

只能远远地抚摸

在海子的这首诗中，小灯、房子与手和肩的借代成为重点，也成为诗的亮点，为诗的表达起到了很好的支架作用。海子的诗之所以好，很大程度上是因为它的形象思维与表达非常成功。

小　巷

小巷
又弯又长
没有门
没有窗
我拿把钥匙
敲着厚厚的墙

顾城的这首诗很简单，却能表达思想，也能让人展开想象。为什么这样的六句话能产生这种效果，主要成功于"用钥匙敲墙"的这种思维方式。为什么要敲墙，那是因为没有门，更找不到锁。再向前看，小巷，又弯又长，把意境一下子就拉得很远。是啊，这种日子什么时候是个头啊。如果没有这种形象思维，就不会创造出这样的想象空间，也不会有这样的效果。

七、诗的想象空间

　　诗人应该是伟大的艺术家。这种伟大在于集一切之大成。诗是唯一不受客观限制的艺术表现形式，能集绘画、音乐、舞蹈、雕塑等艺术于一身，集各方精华来表现自我。同时，诗人的想象空间是无限的，可以从浩瀚的宇宙到细微的细胞，可以从具体到抽象，可以从古至今跨越时空。可以说，只要诗人能感受得到的，都可以用来写诗，用来表达诗人的思想。

　　诗人应该博学。这种博学最为重要的两点是：一要懂哲学。诗既为艺术形式就离不开美，而对于美的认识首先是归于哲学类的。更为主要的是，诗无论用什么样的写作与表达方式，很大程度上是离不开情与理的。情与理的转变也离不开哲学的思维方式，比如以小见大、无中生有等。二是要有文学知识。有再好的思想不能有效地表达也是没用的，所以能够有水平地把自己想的写出来是最基本的要求。如果再深一个层次，那就是不仅要了解文化的现在，还要了解过去，特别是诗的历史与进程。这些不仅可以列为写诗的素材，同时也能扩大诗的影响力。

　　其他的如天文、地理、历史、风土人情、春花秋月等都应尽可能地熟悉。有人说诗人多愁善感。是的，如果做不到这一点，可能就没有那么丰富的情感，也就没有了诗的灵感，自然就不会有那么多诗的创意。但诗人不是疯子，至少不能放浪自己，因为诗意可以无止境，诗人却是离不开约束的。

　　有了上述的基础，诗人在写作时就应该充分展开自我的想象，对一切能够更好地表达诗意的事物进行挑选与组合，形成诗的篇章。此时，诗人就应该像一个成功的雕塑家，所有的想象素材都是雕塑的材料，而如何组成诗、组成什么样的诗则是诗人功力的表现。在诗的表达方式上，从用词到句式，一直到整篇诗的形式，在现代诗里是没有定式的。总之，写你认为最满意的，能最好地表达意境的方式。

在表达方式中，诗与其他形式的文章的区别在于，诗是用思想来读的，而文章是读完了后才有思想。所以诗人在写作时，就要给读者创造出思想，或是说给读者以想象的空间，而这种空间就是诗人在写作时留在文字以外的意境与内涵，我们一般称之为文字背面的内容。这种内容是以文字来表达而在文字之外的。正是这种文字之外的内涵贯穿全篇，共同组成诗的意境，形成了诗的形象立意。

在诗的写作中，想象空间是必不可少的，表现想象力的方式可以是具体的、形象的、抽象的，但必须是连贯的、可引导的。这些想象可以在词里、可以在句间，也可以在段落之间。相比之下，词间想象的诗读起来比较厚重，但也是最难写和最不好理解的；句间的想象能进行很好的转接，比较好接受，也容易连贯诗的意境；段落间的想象相对比较轻柔，但更加含蓄，更加隐匿。下面列举几首诗，与大家共赏。

一　切

一切都是命运
一切都是烟云
一切都是没有结局的开始
一切都是稍纵即逝的追寻
一切欢乐都没有微笑
一切苦难都没有泪痕
一切语言都是重复
一切交往都是初逢
一切爱情都在心里
一切往事都在梦中
一切希望都带着注释
一切信仰都带着呻吟
一切爆发都有片刻的宁静
一切死亡都有冗长的回声

北岛的这首《一切》，看上去像是单句堆砌而成，没有任何连贯，但是在读每一句的时候，我们都不得不停下来想一想，诗人为什么这么写，这么写的原因是什么，诗人要表达的是什么意思。想通之后我们会发现，这是一首低沉"悲愤"的诗，而这个"悲愤"从开始到结束从没有停过。不过，这些悲愤不是写在纸上的，是从文字的后面走出来的。如何能走出来，那是作者与读者想出来的。如何能想，就是因为文字的表达。这种表达给了读者想象的空间，在这些空间里所充满的是愤与不平。比如"一切交往都是初逢"这一句，直观感觉事不是这样的，但诗人为什么这样写，那是他认为这样，他为什么认为这样，是因为他没有自己认为的熟人，没有熟人就都是陌生的，所以才说是初逢。分析到这之后，就可以想象，如果一个人没有熟人，那人生是一种什么样的感受。这里所说的这些，诗人都没有写出来，而只是用简单的一句话"一切交往都是初逢"来表达。为什么会有这样的效果呢，主要在于诗人的用词与搭配上。"一切"的使用不仅紧扣主题，也代表了心境。最关键的是"初逢"二字的使用，不仅把交往一下子做了否定，更在否定的基础上创造出了新的意境，从而使想象空间变得开阔而丰富。诗中的其他诗句也是类似的表达方式。

讯　问

在青麦地上跑着
雪和太阳的光芒

诗人，你无力偿还
麦地和光芒的情义
一种愿望
一种善良
你无力偿还

你无力偿还
一颗放射光芒的星辰
在你头顶寂寞燃烧

在昌平的孤独

孤独是一只鱼筐
是鱼筐中的泉水
放在泉水中

孤独是泉水中睡着的鹿王
梦见的猎鹿人
就是那用鱼筐提水的人

以及其他的孤独
是柏木之舟中的两个儿子
和所有女儿,围着诗经桑麻沅湘木叶
在爱情中失败
他们是鱼筐中的火苗
沉到水底

拉到岸上还是一只鱼筐
孤独不可言说

海子的这两首诗中,都采用了句间想象的方式,在每一句的连接中都加进了思索。这种思索是读者顺着诗人的想象展开的,相接得比较自然,读起来不是很累。这是因为想象空间没有词间的那么频繁,给人以喘息的机会。但这不是说句间的想象空间就小,其大小是由诗人决定的,不是由读者决定的。

我们去寻找一盏灯

走了那么远
我们去寻找一盏灯

你说
它在窗帘后面
被纯白的墙壁围绕
从黄昏迁来的野花
将变成另一种颜色

走了那么远
我们去寻找一盏灯

你说
它在一个小站上
注视着周围的荒草
让列车静静驰过
带走温和的记忆

走了那么远
我们去寻找一盏灯

你说
它就在大海旁边
像金橘那么美丽
所有喜欢它的孩子
都将在早晨长大

走了那么远
我们去寻找一盏灯

顾城的这首诗与余光中的那首《乡愁》都属于段间的想象方式。这种诗读起来很轻松，如果不去深思，与一般的散文几乎没有什么区别，而真正不同的是，在每一段之间，我们都要停下来思考，诗人为什么要这么写，要表达什么思想，诗人所表达的思想是采用怎样的方式来表达与升华的。比如这首诗，读过了我们还是要问，诗人写的灯是什么？到底是什么，他并没有说明，而是用了三段不同的描述来表达。这种表达是形象概括的，可以说是和谐、幸福、爱情等美好愿望的一种，也可以是所有的美好。这就是诗与文章的不同之处。在这首诗中，诗人为什么要用"走了那么远"几个字？经仔细分析后，就会发现，由于它与所有描述的相互补充与完善，特别是在诗中的几次重复使用，从更深处说明期望的美好是要经过漫长的路与漫长的发掘的，没有走过就不会找到，走到了还要会发现，这样才能实现所谓的美好。

八、如何阅读与理解现代诗

要读懂别人的诗，总体上讲就是要全身心的领悟，认真解读。要设法身临其境，无论是否有收获，都要做到无怨无悔。以这样态度去读诗，去颂诗，才能提高水平，才有可能领悟诗的真谛，才能写出诗的精华。

读者不是作者，不仅读写的时间与空间不同，而且水平也存在差异，所以应该说解读别人的诗可能要比写诗更累。不过，由于作品已成形，读诗的思路会比作者的思路窄些。可决不能因此认为诗可以随意解读。走马观花式地读诗，领略到的只是诗的模糊概念，无法了解诗的本意。

要完全领悟一篇作品，我个人认为要做到以下几点。

第一，了解主题。诗的主题与标题是分不开的，可二者不是等同的，有的标题就是主题，而有的标题可能只是主题的一部分。所以，读诗时先要学会读懂诗的主题。主题的来源无非在所有诗行里的字字句句。古典诗词因为受词牌的限制，有时只写词牌而不写出主题，有时一首诗可能称为无题，但无论怎样，每一首诗都至少应有一个主题，有的则可能有明与暗两个主题。对主题的表达是作者的写作目的，目的完成得好与坏几乎就是诗作的成与败，所以一首没有主题的诗肯定不是好诗。

第二，解读诗的语言。诗有诗的语言，这点在古典诗词里的要求很严格。现代诗，因为百花齐放，语言上要求不太严格，但无论怎样变化，诗就是诗，与其他文学体裁相较仍然有其独特之处，其中诗的语言就是写作手法中诗区别于其他文学体裁的关键。诗的语言要干脆、利落、跳跃、含蓄、形象、生动、含情。所谓干脆，就是要简洁，用少的语言表达深的意境；利落则指当断则断，句意明确，决不能拖泥带水；跳跃是指写作语言中产生层次，在读者心中产生起伏的感觉，当然起伏过大同样也会引起不适；含蓄是指言尽而意未尽，否则失去古典诗词韵律后的现代诗就像白开水；形象指的是形象思维，跨越时空与界限，往往是诗中的精华部分；生动是说所用的形象不能是死板的，诗中的叙事与抒情都要有活力，要能牵动读者的阅读欲望；含情不是指简单的情字，而是指叙与抒结合，把诗人想要表达的思想在不知不觉中体现出来，而不是直白地表达。

第三，解读诗的篇章。解读诗的篇章要在通读全诗之后，根据作者想要表达的主题，与所写出的篇章结构比较才能做到。应该说好的诗作是不会有多余的语言，也不会有没关系的段落，对于反面的内容要用得恰当，能从另一个方面对诗起到帮助作用。现在许多人就是在篇章上把握不好，不是多了，就是少了。而当内容少了时，整个诗作就像诗中的一段，或全诗没有深度与力度。当然诗的长短与主题有关，其实小诗不是不好，但毕竟显得单薄。

第四，寻找诗的亮点。一首诗是不是好诗，就要看它有没有亮点。所谓亮点，可能是不同于其他同类诗，可能是高出于某个思维，也可能是通篇的表达，等等。作者写诗肯定有其所指，即使是很朦胧的诗也会将一定的意义含在其中，所以，读者要认真读诗，仔细寻找亮点，往往这才是读者收获最大的地方。

第五，评价诗的价值。一首诗可能写得很精致，但如果立意错了，或有违道德伦理，有碍社会文明，那么这首诗无论怎样也不能算是好诗。真正的好诗，应该以小见大，抒己见而论天下，观沧海而论古今。恩恩爱爱不是没有好诗，可是如果诗只为两人而写，受众也就少了。

第六，认真研读。读别人的诗，一定要用心，读一遍与读两遍是不一样的，也可能读到第三遍才能真正体会诗中的含义。所以想要读懂别人的诗，自己首先要做到认真，这样才能真正理解作者的意图。